KB213953

_____ 에게

당신의 행복을 바라는

_____ 로부터

나는 당신의 행복이 좋습니다

'행복했던 기억은 어느 날에는 큰 슬픔이 된다.'

상처로부터 만들어진 신념 같은 것이었습니다.
꽤 오랜 시간을 그런 생각으로 살았습니다.

지난날에 대한 스스로의 마음과 생각은
지금의 나로부터 뒤바뀌고는 합니다.

현재를 잘 살아야 한다는 말이 여기 있습니다.
사실을 바꿀 수는 없어도 마음은 바꿀 수 있지요.
그 마음이 지금의 나에게 달린 것입니다.

의미 없이 사라지고만 있던 시간들이
새로 가진 마음 하나 때문에 크나큰 의미가 되었습니다.

나는 무엇을 바꾸려고 한 적은 없습니다.
그저 지금의 삶에 마음 하나 더하고 싶다는 생각을
시작했을 뿐입니다.

이 책은 그 마음과 생각에 대한 이야기인지도 모릅니다.

슬픔을 두려워하지 않기를 바랍니다.
감정 앞에서 돌아서지 않기를 바랍니다.
당연하다고 말하는 것들을
당연히 여기지 않기를 바랍니다.

나를 애정하고 걱정하던 모든 이에게 말하고 싶습니다.

당신의 마음으로부터 나는 행복하게 지내고 있습니다.
행복을 믿습니다.
부디 당신도 그러기를 바랍니다.

나는 당신의 행복이 좋습니다.

                              2024년 긴 여름의 끝에서

목차

Part 1

당신의 행복이
나를 더욱 행복하게 합니다

새로운 시작 • 사랑의 의미 • 고백 • 행복하리라 믿는다 • 서로를 바라본다 • 사랑의 말 • 행복을 마음으로 삼아 • 고집 없는 행복 • 감정이라는 탄생 앞에서 • 너에게만 좋은 사람이고 싶다 • 책방고즈넉 • 너를 응원한다 • 나는 그 겨울이 좋았다 • 네 번째 인생 • 너무 열심히 살지는 않았으면 하는 마음 • 새로운 꿈을 꾼다 • 불편할 기회 • 처음에는 뭔가 싶었지 • 지켜주고 싶다 • 우리는 함께 가고 있기에 • 마지막까지 기억하고 싶다 • 행복의 말 • 나를 위한 시간 • 잠깐의 소중한 시간 • 나를 소중히 여기는 사람의 눈빛 • 나의 어떤 모습이 좋았을까 • 가장 알맞은 이유 • 기록하지 않는 감정 • 행복이 떠오른다 • 마음이 좋다 • 불안 • 추억은 우주가 되어 • 지금인가 싶었지 • 결국에는 사랑 • 처음으로 생각난 사람 • 마음을 다해야 하는 순간 • 마중 • 배웅 • 행복하겠다는 약속 • 꿈같은 일 • 슬픔은 잠깐이었다 • 일요일 • 여행이 남기는 것 • 이제 그만 힘들어하고 즐겁게 살자

Part 2
마음 아픈 일은 다시는
하지 않기로 했습니다

나이가 되어 간다 • 참 오래된 생각을 꺼낸다 • 던져놓는다 • 가질 수 없는 것은 버릴 수도 없다 • 편도염 • 마침내 내가 보였다 • 가끔은 그립습니다 • 사람 소리 • 생각이 머물렀다 • 다행이었다 • 슬픔은 느려 터졌어요

약속 • 그리움이란 감정 • 마음과 비슷한 곳에 살아 • 안부 • 마음의 정리 • 어차피 책임은 스스로 진다 • 잘 느껴야 잘 산다 • 날마다 꽃은 핀다 • 삶의 환기 • 나를 소중히 대하는 사람과 시간을 보낼 것 • 힘들이지 않고 지속하기 • 당신도 괜찮아질 거예요 • 숨겨진 재능을 찾을 것 • 그래도 지킬 선은 있어야 한다 • 모르는 척할 수 없는 마음 • 적당한 일탈 • 가벼운 것들은 바람만 불어도 요란하다 • 맺지 않으면 끊을 것도 없다 • 다가올 하루 • 늦게 핀 꽃 • 어떤 마음이든 상관없어 • 나는 유연한 사람은 아니다 • 동경 • 나에 대해 잘 알 것 • 호우 시절 • 너무 오랫

동안 힘들었다 • 감정이 좋다 • 안심이 된다 • 상처받을 거 없어 • 결국에는 걷힌다 • 쓰다 지웠다 한다 • 마음 둘 곳 • 이런 사람 저런 사람 모두 결국에는 남이다 • 이별도 과감하게 • 예쁜 것을 보렴 • 고생했다고 말해주고 싶다 • 사랑할 필요를 느꼈어 • 사랑과 우정 • 쏠쏠함 • 나는 시인이 되고 싶었다 • 살고자 하는 마음 • 당신에 대한 믿음 • 아프지 마 • 피하고 싶은 사람 • 수많은, 그러나 농도가 짙은 • 감정의 기한 • 길의 끝에는 언제나 바다가 있음에 바라볼 수밖에 • 불안함이 꼭 불편한 것만은 아니다 • 애매하게 산다

Part 4

행복이 전부는 아니지만
가장 중요한 것이기에

듣고 싶은 말을 해 주는 사람 • 가끔은 소중한 것들조차 잊고 싶은 날이 있다 • 어쩌면 행복할 수도 있겠다 • 엮이는 것이 싫어졌다 • 마음 하나 채울 수 있다면 • 세상의 중심에 나를 둘 것 • 보고 싶다는 마음 하나 • 생각 외로 크게 정리해야 할 때 • 더할 나위 없는 인생 • 제대로 가고 있을까 • 부딪힘 없이 흔적을

남기는 것은 없다 • 삶은 서로의 조각을 맞춰 가는 것이다 • 새로운 인생을 찾는다 • 관계 • 충분한 삶을 위해 • 복잡한 건 오히려 생각 • 지워져야 새겨진다 • 부탁할 수도 있는 일이다 • 마음은 스스로 보호한다 • 실패를 줄이자 • 습관 • 눈을 감으면 어디든 갈 수 있다 • 끝을 모르는 일 • 잠시 초라해졌을 뿐이야 • 상관없는 사람 • 삼십 대의 나이 듦 • 마음을 크게 하고 싶을 때 • 아끼어 애틋이 여기는 마음 • 여릿한 마음 • 다음 시간에 뵈어요 • 은예에게 • 비움은 결국 가득 채움 • 지금 이 순간은 다시 돌아오지 않는다 • 서로가 알면 된 것이다 • 소망이 늘었다 • 최선의 마음 • 받아들이면 그만 • 모르고 살았던 행복 • 행복은 글로 잘 쓰이지 않는다 • 적은 만들지 않아도 생겨난다 • 낮잠 • 시간은 중요하지 않다 • 부피는 곧 시간 • 경험으로부터 • 감정 하나 없는 글 • 부모님께 • 나도 잘 모르는 나 • 가벼운 마음을 가진 사람 • 사랑의 필요 • 순댓국 • 충분한 것을 나눌 때 • 시간이 지난 후에야 • 오래 알고 지낸 사람이 편한 이유 • 아무 일도 일어나지 않았으면 • 나를 속이고 살았다 • 언젠가는 끝나게 되어있어 • 흉흉한 세상 안에서 • 내가 힘이 들 때 나를 도와줄 한 사람

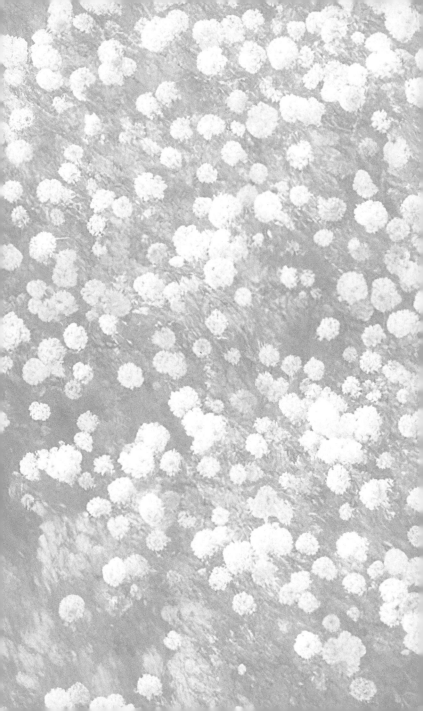

Part 1

당신의 행복이

나를 더욱

행복하게 합니다

새로운
시작

2023년 8월의 여름이었다

2년을 알고 지내던 이와 친구가 되었다
갑작스러웠으나, 어쩌면
오랜 시간을 준비한 일이었는지도 모른다
뻣뻣하게 굳어 갈라짐조차 없던 마음이
꿈틀대기 시작했다
마침내 인생의 다음 페이지를 준비하기로
마음먹은 것이었다

나를 애틋이 여기는 사람 모두가 바라던,
사실은 내가 가장 바라고 있던 순간이 오고야 말았다

사랑의
의미

믿음이란,
가지고 있으면 혹여 위태로워질 수 있으나
없으면 끝내 쓸쓸한 것이다

나는 더 이상 사람을 믿지 않으나
네가 하는 말만큼은 들리는 그대로 담는다

담는다는 말보다 담긴다는 말이 더 정확한 표현이겠다

그리고 이것을 나는 믿음이라는 단어가 아니라
사랑이라는 단어에 의미를 담고 싶다

너를 사랑하고 있다

고백

누구에게나 참을 수 없는 것이 있다

한때는 슬픔이었던 것이, 지금은 사랑이 되었다

사랑한다
너에 대한 이 마음 나는 참을 수 없다

나는 이미 내려앉는 중이니,
걷어 내지 않았으면 좋겠다

이런 고백 하나쯤 품고 산다면,
하루하루가 행복하지는 않을까

행복하리라
믿는다

책방을 연 지 2년 8개월이 지났다. 그리고 이 글을 쓰는 지금은 새로운 공간을 찾아 새로운 모습을 입히는 중이다. 나는 내내 작업을 하다가 실내가 한참을 밝아지고 나서야 글을 쓰고 있고, 너는 내내 일을 하다가, 해가 지고 나서야 주방에 불을 밝혔다. 혼자 시작했던 그때와 비교하면, 마음의 크기가 다르다. 채우기 위해 애썼던 마음이 지금은 지켜보는 것만으로도, 바라보는 것만으로도 채워진다.

나는 너와 내가, 그리고 우리가 잘할 것이라고 믿는다
잘하지 못하더라도 행복하리라 믿는다

지금의 감정이 나는 서로를 통해
늘 붙어 있었으면 좋겠다

서로를
바라본다

고민을 한다

그 사람을 위해서 뭐라고 말을 할까

그저 눈을 한 번 맞춘 후에 꼬옥 안아준다

가끔은 눈빛에 묻어 있는 그 침묵이

마음을 어루만진다

고요하지만 적막에는 이르지 못하는

딱 그 정도의 순간이면 됐다

나는 너를 안아줄 수 있고,

너는 내게 안길 수 있다

우리는 서로를 바라보고 있는 것이다

우리 사이에서

변해가는 세상은 아무것도 아니었다

사랑의
말

나는 이 사람이 좋다. 아낌없이 주고 싶다.

내 것을 내어 준다는 것은 나를 한 뼘은 덜어 주는 것과 같다. 이는 물질적인 것보다 마음을 내어줄 때 특히 더 그렇다. 지금 내 곁에 있는 사람은 내게 기어코 좋은 마음을 가져다준다. 좋은 마음 하나는 여럿의 좋은 감정을 느끼게 한다. 처음에는 받아도 될까 싶었던 것들이 지금은 그저 행복감으로 쌓인다.

나는 이 행복을 너에게 모두 주고 싶다. 아낌없이 주고 싶다. 내가 살며 갖게 되는 모든 것을 너에게 주고 싶다. 너를 보며 느끼는 내 감정까지도 말이다.

나는 사랑의 말을 하고 있는 것이다.

**행복을
마음으로 삼아**

삼십 대 중반의 나이

계획을 잃기도

믿음을 잃기도

감정을 잃기도

사람을 잃기도 했다

지금은 가진 것이 너와 너로부터의 행복뿐이다

그러나 나는 이 행복을 마음 삼아

다시 시작할 생각이 생겼다

마음이 생겼고, 용기가 생겼다

고집 없는
행복

선물은 받는 것보다 주는 것이 더 좋았다
행복해할 모습을 생각하면 행복했다

마음과 달리, 최근 1년은 계속 받기만 한다
그러나 받아보니 알겠다
받는 것도 이렇게나 행복한 일이었구나

내 행복을 위해
주는 것에만 집착했던 것은 아니었을까

행복은 고집부릴 일이 아닌 모양이다

너를 보고만 있어도 행복해진다

나눠 갖는 이 마음 오죽할까

마르지 않았으면 좋겠다

감정이라는
탄생 앞에서

한번 시작된 일은

기어코 몇 번이나 반복된다

마당에 핀 들꽃조차 서럽던 날들

며칠을 퍼붓던 장맛비조차 설레던 날들

좋은 감정도 좋지 않은 감정도

감정이라는 탄생 앞에서 늘 반복된다

먹먹하다

다시 일어난 일이 괴롭다

다시 만나게 된 사람이 그립다

당신을 사랑한 이래로

그런 감정조차 소중해졌다

너에게만
좋은 사람이고 싶다

'모두에게 좋은 사람이고 싶다'

이 같은 생각이 청춘을 옭아맸다고 해도 과언은 아니다

모두에게 좋은 사람이고 싶었고,
모두에게 괜찮은 사람이고 싶었다

그땐 눈앞에 펼쳐질 세상이
아름다울 것이라고 생각했는지도 모르겠다

지금 옆에 남아 있는 사람이 당신 하나라는 것이
내게 외로움을 남기지는 않는다

모두에게 골고루 나눠 주려던 마음을
당신 한 명에게 줄 수 있으니
건넬 수 있는 마음이 뚜렷해서 좋다

나는 이제 너에게만 좋은 사람이고 싶다

책방
고즈넉

지난 4월 고즈넉이 마침내 2층 단독 주택의 큰 공간으로 이사를 했다. 여덟 평 되던 고즈넉의 시작을 생각하면, 마음이 꽤나 커지는 일이었다.

3년 전 고즈넉 터를 처음 잡았을 때처럼 이번에도 이 공간은 운명처럼 찾아왔다. 운명이 나를 이 공간에 밀어 넣는 듯한 그런 느낌이 확실하게 들었다.

인적 드문 골목 안에 자리 잡은 넓은 단독 주택. 참으로 마음에 드는 공간이었다.

덕분에 고즈넉은 완연한 카페가 되었지만, 커피보다는 공간을 제공하고 싶었다. 그리고 이 넓은 공간을 책으로 가득 채우고 싶었다.

'책방고즈넉'

그것이 카페 이름에 책방이라는 단어를 끝내 떼어놓지

않은 이유이기도 했다.

아버지는 말씀하셨다.

"커피를 팔려고 하지 말고, 공간을 팔고자 노력해라"

아버지와 생각이 같았던 일은 살며 처음이었을 것이다.

나는 이 고요하고 아늑한 공간을 나누고 싶다.

너를
응원한다

살아온 기록이 그 사람을 설명해 주는 것은 맞다

그러나 그 기록은 결과일 뿐

과정을 포함한 전부는 아니다

내가 짧지 않은 시간 보고 느낀 너는

분명히 좋은 사람이다

너 스스로를 아끼고 사랑했으면 좋겠다

다른 사람으로부터의 사랑을 갈구하는 것이 아니라

오래 간직하고 살았을 너의 사랑을 알기를 바란다

너를 못 믿겠거든 내 눈을 믿어라

나는 나를 믿는다

그게 나의 가치이고, 네가 모르는 너의 가치일 것이다

너의 마음을 너의 생각들을 응원하고 있다

나는
그 겨울이 좋았다

몇 번의 겨울은 참으로 차가웠다

작년 겨울에는 그다지 눈이 많이 내리지는 않았으나
유난히 여러 번 내렸다

그때마다 나는 버릇처럼 하얗게 뒤덮인 바닥에
네 이름과 함께 보고 싶다는 말을 새겼다

"보고 싶다"

나는 그 겨울이 참 좋았다

겨울이라는 계절이 다시 살아나는 기분이었다
차가운 겨울일수록
따스함을 준비하는 것에 열심이라는 것을
그 노력이 한 계절을 행복하게 한다는 것을

다시금 느끼며 산다

네 번째
인생

사람 목숨이 하나인 것이지

인생이 한 번인 것은 아니니까

목숨을 걸어야 하는 일이 아니라면,

인생은 마음먹기에 따라

얼마든지 몇 번은 살 수 있을 거야

몇 번의 인생이 남았는지는 아무도 모르는 거야

성공, 이별, 사랑,

그리고 나는 네 번째 인생을

지금 막 시작한 거야

어느 날 우연히 찾아온 행복이라는 이름으로

너무 열심히 살지는
않았으면 하는 마음

짊어진 무게는 힘을 써 몸을 뻣뻣하게 만들고

지속된 세월은 사람의 정신을 바꾸어 놓는다

그 마음 풀리지 않게 꼭 움켜쥐고 사는 것이 쉬웠을까

나는 네가 멋있고 대단하면서도

때로는 너무 열심히 살지 않았으면 하는 생각을 갖는다

그래도 다행이다

지금은 그 부담감을 조금은 놓은 듯하여

웃는 얼굴이 웃는 듯하여

나는 몹시 기쁘다

애쓰고 싶지 않습니다

발악하고 싶지 않습니다

끌어당기지도 밀어내고 싶지도 않습니다

청춘의 남은 여정은 당신과 함께

그냥 정해진 듯 정해지지 않은 것처럼

자연스럽게 일렁이고 싶습니다

새로운
꿈을 꾼다

슬퍼지고 난 후로는 적어도 3년을 두문불출했다

다시금 경제 활동을 시작하고부터는
주변에 사람들이 하나씩 생겨났다

나는 몇 해 전, 한 그루의 나무를 심었고
그 나무로부터 열매가 달리기 시작했다

불현듯 다가오는 것에 대해
여전히 극도의 거부감을 느끼면서도
한편으로는 이제 상관없다는 생각이
마음에 들어서기도 한다

푸른색으로 젖은 넓은 정원에 큰 나무 하나
나무에 매달린 긴 그넷줄

새로운 꿈을 꾼다

불편할
기회

나는 이 사랑이 행복할 거라는 확신이 있었어요

엄청난 속도로 빨려 들어가는 마음을

붙잡지 않은 이유가 그것입니다

때로는 생각할 틈을 주지 않는 것이

마음을 편하게 했습니다

편하다는 것은 불편함을 지우면 되는 것이었어요

불편할 기회를 없애 버리는 것이었죠

그랬더니 편해졌습니다

처음에는
뭔가 싶었지

혹 하고 들어와서는 나갈 생각을 안 하니

확인해 보는 수밖에 없었다

네 마음을 확인하기 전에 내 마음부터 확인해야 했다

그때부터 쭉 행복했다

지켜주고
싶다

그녀는 나이보다 훨씬 앳된 얼굴을 하고서는
아이 같은 모습을 자주 보인다

나는 그 해맑음이 좋다
나에게는 찾을 수 없는 순수함을 가진 것이 좋다

처음부터 그 모습에 끌렸다
당차게 사는 모습이 아니라
어떤 일에도 아무렇지도 않게 사는 모습이 좋았다

한 번 좋아했던 것을 싫어하게 된 일이 있는가
나는 한 번도 없었다
이번에도 그럴 것이다

네가 가진 그 순수함,
내내 갖고 살도록 지켜주고 싶다

우리는 함께 가고
있기에

지난해 여름부터는 운전하는 시간이 크게 늘었다

전에는 출퇴근을 위해

10분 정도 운전하는 것이 전부였으나

요즘은 매일 두 시간 이상 꾸준히 운전한다

30분만 운전해도 피곤했던 것이

한 시간을 넘게 운전해도 피곤하지 않게 되었다

중요한 것은 누구와 함께하는가이다

내 옆에 네가 앉아 있으니

힘든 것이 힘들 이유가 없어졌고

피곤함조차 행복이 되었다

우리는 지금도

어디론가 함께 가고 있는 것이 아니겠는가

마지막까지
기억하고 싶다

복층의 천장에서부터 뻗은 긴 커튼이 열린다

막혀 있던 빛이 쏟아진다

꼼짝없이 눈이 부시다

그리고 당신의 모습이 선명해진다

그런 날이 있다

마지막 순간까지 기억하고 싶은

아름다움이라는 것

마지막까지 기억하고 싶다

두 번만 스쳐도 기억에 남는데
2년을 스친 네가 어찌 기억에 없었을까

그 기억이 쌓여 마음이 되었지

행복의
말

새하얀 얼굴에 내 어깨밖에 오지 않는 그녀가

나를 행복하게 해주겠단다

듣기에 꽤나 어색한 말이었다

그러나 그때 이미 나는 행복했던 거 같다

세상은 가지지 못해도

하늘에 별 하나쯤은 가질 수 있을 것만 같은

그런 기분이 들었다

나를 위한
시간

나에게 다시 행복을 주고 싶었다

그게 너였다

너와 함께하는 시간

그보다 나를 위한 시간은 내게 없는 것이다

잠깐의
소중한 시간

그녀는 매일 밤 잠들기 전에
불 꺼진 허공에 대고 시선을 놓는다

처음에는 장난처럼 놀리고는 했는데
그녀를 조금 알고 나서는
더는 그러지 못하게 되었다

그 잠깐의 시간이 얼마나 소중했을까 싶었다

그 시간은 마치 내가 지나온
몇 년의 고달픔은 아니었을까

알지도 못하면서도 그냥 그렇지는 않았을까
넘겨짚어 본다

나를 소중히
여기는 사람의 눈빛

너의 눈빛은 참 포근하다

그 안에 나를 던져도 따스할 것만 같다

나는 너에게 나를 던졌다

그게 사랑이 되었고, 우리는 미래를 약속했다

나를 소중히 여기는 사람은 그 눈빛부터 다르다

우리가 시작하던 날 너의 눈빛이 특히 그랬다

그 밤에 우리는 무슨 용기를 가졌길래

새카만 비가 내리는 강릉 바다에 발을 담갔을까

사랑이 아니고서는 그 상황을 설명할 수 없었다

아마도 우리는 그 밤에 사랑을 시작했다

나의 어떤 모습이
좋았을까

오히려 나는 너를 만난 이후로 전에 없던 부족한 모습을 보이고는 했는데 너는 나의 어떤 모습이 좋았을까. 어느 날에는 절반은 진지한 표정으로 물어보았다.

"나의 어떤 모습이 좋았어?"

"확신에 찬 말과 그 말을 지켜 나가는 모습이 좋았어"

돌아보면 나는 계속해서 앞으로 나아가고 있었다. 처음 계획했던 그대로. 아니, 그보다 더 빠르게 나아가고 있었다.

꽤 오랜 시간을 내가 나에게 던져 놓은 질문에 답을 찾았다. 어떤 질문은 무엇 하나를 경유하고 나서야 쉽게 답이 되어 돌아온다.

나 혼자였다면 찾는 데 아주 오래 걸렸을 질문의 답이 단번에 해결된 것이었다.

가장 알맞은
이유

전에는 이 오랜 감정의 시간을 글 어딘가에 명확히 표기
했지만, 지금은 그저 오래된 감정일 뿐이다

나는 지금에 서 있다

추억은 물리적 거리도 다가서는 속도도 무의미하지만
그 일들은 점점 멀어져 간다
희미해져 가고, 사라져 간다

그리고 그 반대편에 가까워지고 뚜렷해지는 것이 있다

이 모든 감정들이 너를 만나려고 그랬나 보다
그 지독한 그리움이 나를 어디로 이끄는지 늘 걱정이었
는데 그게 너의 앞이라, 너의 옆이라 다행이다
마침내 그때 그 그리움에 이유가 생겼다

가장 알맞은 이유가 생긴 것이다

기록하지
않는 감정

꽤 많은 글을 쓰고 있지만,

글로 옮겨 적지 않는 감정이 있다

'원망'

한 번 기록한 것은

반드시 꺼내 보는 것이 인간의 본능이다

원망은 돌이켜보아도 원망이다

구태여 그 순간을 떠올리는 일은 만들고 싶지 않기에

어떤 상황에 놓이더라도

원망은 결코 기록하지 않는다

행복이
떠오른다

크게 쏟아진 시간이 어느덧 정리되어 간다

얼마만큼 쏟았는지도 모르겠다

크다는 표현이 적당한 것은 맞을까

그저 수가 아닌 양으로 표현하니

크거나 작거나 둘 중 하나로 받아들일 수 있어 편하다

주워 담고자 했던 몇 해보다

새롭게 그리고 있는 몇 번의 계절이 더 소중하다

나는 아직 색칠까지는 하지 못했으나

이 그림의 완성될 모습이 떠올라 행복하다

며칠 뒤의 감정이

몇 달 뒤의 내 모습이 그려지는 것이 기분이 좋다

모든 것이 가벼워졌다

이것이 정말 행복의 감정이라면,

나는 괜찮다는 생각을 마음에

온전히 담게 되었는지도 모르겠다

마음이
좋다

마음은 삼키는 것이 아니기에
삼킬 수 없는 것이기에

표현하는 사람이 좋고
내 표현을 받아주는 사람이 좋다

주고받는 것 중에 가장 특별한 것이 있다면
나는 역시 마음의 표현을 말하고 싶다

너의 그 마음도 좋고 나의 이 마음도 좋다
겹쳐지는 마음이 우리를 더 행복하게 한다

생각은 지킬 수 없어도

마음은 지키며 살고 싶다

생각대로 되는 일 없다지만

마음대로 되는 일 없을까

이 마음 나는 계속 갖고 살고 싶다

불안

지나간 슬픔도
지금 놓인 슬픔도
다가올 슬픔도
모두 다 같은 슬픔이었다

슬픔은 떨어뜨려 놓으면 한때인 것이
더해 놓으면 불안이 된다

나는 슬픔 하나로 불안을 만들었다
나를 삼켜버릴 것 같은 그런 불안 말이다

그러나 불안은 고작해야 불안이었다
아무 일도 일어나지 않았다
불안은 과한 걱정일는지도 모른다

우리는 일어나지 않은 걱정이
더 많다는 것을 기억해야 한다

추억은
우주가 되어

지나간 시간을 어디에 쓸까

어떻게 쓸까

고민을 많이 했다

그렇다고 함부로 내팽개치고 싶지는 않았다

그때 그 감정도

별로 가득했던 내 우주의 빛나는 은하였으니

또 다른 우주에서 까마득히 빛났으면 하는 마음이다

추억이라는 우주 말이다

지금인가
싫었지

너는 인생을 몇 번이나 걸어 봤어?

한 번쯤 인생을 더 걸어야 한다면
나는 지금인가 싶었어

눈부시게 빛나는 너를
그 웃음이 끝내 내게까지 닿아버리는 너를

너를 내 삶에 그대로 붙잡고 싶었다

그 마음이 여기까지 왔다

결국에는
사랑

커튼을 친다

낮에는 눈앞에 현실을 가리려고
밤에는 새까만 기억을 가리려고

이 큰 감정을 좁은 마음에 가둬두고는
내내 그렇게 지내기만 했다
아무것도 하지 않고 그랬다

곪아가는 것들 가운데
새로 돋는 것들이 있었으니

사랑, 결국에는 사랑이었다
사랑이 모든 것을 해결하였다

처음으로
생각난 사람

이십 대에는 고독을 즐겼고
서른이 넘어서는 고독에 덮였다

좋아하던 것이 결국 덫이 되어서는
살아가는 방식을 깨끗하게 흩트려 놓았다

나는 고독이 싫다
혼자서 너무 오랜 시간을 스스로 가두고 살았다

그때 처음으로 생각난 사람이 당신이었다

첫눈에 반한 것은 아니었으나
마음을 다시 열기 시작했을 때
세상에 누군가 한 명 필요해졌을 때

처음으로 생각난 사람이 너였다
처음으로 마음에 담긴 것이 너였다

마음을 다해야
하는 순간

작은 것에 매달릴 필요 없다

이보다 큰 것도 많다

큰 것이 있기에 작은 것도 있는 것이다

작은 것에 만족하고

큰 것에 한 번씩 몰두하면 좋다

그렇게 살다가

혹시라도 애를 써야만 하는 일이 생긴다면

그런 순간에는 온 마음을 다해야 한다

나는 그 마음을 당신을 얻는 데 썼다

좋은 것만 보여주고 싶었다
예쁜 것만 보여주고 싶었다

행복만 주고 싶었다

그런데 지금은 그냥 나를 다 보여주고 싶어졌다

나를 너에게 맡긴다

마중

한 쪽이 기다리는 것이 아니라
서로가 가까워지고 있는 것이다

나는 그 길이 그 시간이 늘 설렜다

배웅

서로가 멀어지는 것이 아니라
한 쪽이 돌아올 곳을 알려주는 것이다

나는 항상 이곳에서 너를 기다린다

행복하겠다는
약속

달빛이 나를 밖으로 끄집어낸

몇 월 며칠인지도 모를 그 밤

나는 중랑천의 한 의자에 앉아

스스로에게 한 가지 약속을 했다

"이제 그만 슬퍼하고, 행복해지자"

행복해지겠다는 약속

이만큼 힘들었으면

내가 다시 행복해져도 되는 것은 아니었을까

나는 약속을 지켰다

꿈같은
일

어느 날에 너는 잠에서 깨 내게 물었다

"무슨 꿈을 꿨어?"

나는 답했다

"네 꿈을 꿨지, 꿈을 꾸면서도 네가 보고 싶더라"

늘 소망으로만 그리던 꿈같은 일이 있다
꿈과 현실이 크게 다르지 않은 날들

모든 것이 완벽했다

슬픔은
잠깐이었다

이른 아침에 날아든 문자 한 통 때문에
꽤나 깊은 근심에 빠져 있던 날이었다

나는 출근길 옆자리에 앉은 너에게
생각할 시간을 5분만 달라고 했고,
5분이 지난 후 5분의 이유가 무엇이었는지 털어놓았다

좋은 일이 아니었음에도 너는
유난히 기분이 좋아 보였다
아이처럼 신이 난 얼굴을 하고서는

"당신이 그런 이야기를 나한테 하는 것은
나를 완전히 믿게 되었다는 뜻이겠지?
이 얼마나 기쁜 일이야!"

나는 그 말이 행복하면서도 슬펐다

———

너라는 사람을 완벽하게 알게 하는 말이었지만,

나를 되돌아보게 하는 말이었기 때문이다

그러나 슬픔은 잠깐이었고,

믿음이라는 마음을 주고받은 까닭에

그날 나는 엄청난 행복감을 느꼈다

지금까지 그 행복이 느껴질 정도로 말이다

비 내리는 소리가 참 좋다
너의 발자국 소리를 닮았다

비가 내리면
네가 오고 있구나 싶었기에

비가 내리는 것이 기뻤으면서도
비가 그칠 때가 되면 섭섭함이 차오르곤 했다

일요일

따뜻한 아메리카노 한 잔을 주문하고
시집 한 권 가방에서 꺼내 올려놓고서는

조각 케이크 하나 주문할 여유가 있으면 더 좋고
옆자리에 함께 하는 이 앉으면 더 좋고

조용하게 스며드는 일요일 정오

아무것도 가진 것 없이
다가올 것을 계획하기 좋은 순간이라

나는 일요일을 시절이라는 단어로 묶고 싶을 때가 많다

여행이
남기는 것

　나흘간의 부산 여행을 마치고 돌아왔다. 기대했던 것은 모두 채웠다. 글은 한 자도 적지 않았다. 기록된 것도 없다. 애쓰지 않아도 삶의 어딘가에 불쑥 남아 있는 것이 언젠가 기록되는 것이고, 글이 되는 것이다. 감정과 생각을 한데 버리러 가서는 그 자리에 다른 감정과 생각을 새로 담아오는 것이 여행이다. 이 여행에 불필요한 애씀은 없다. 내가 있고, 내 이야기를 들어줄 사람만 있다. 오랜 여행의 고단함은 결코 피로가 되지 않는다. 딱 떨어져 여유롭지 않은 시간은 며칠의 시간이 더해져 여유가 되고, 몸의 고됨은 더 큰 힘을 쏟을 활력이 된다. 가끔은 사진에 찍혀 나오는 내 웃음이 어색하기도 하나, 나는 그 가까운 기억들이 갈수록 기쁘게 느껴진다. 좋은 마음을 찾게 됐다.

이제 그만 힘들어하고
즐겁게 살자

오래 힘들었다

오래 슬펐고, 오래 아팠다

느끼는 감정은 모두 버거운 것들이었다

그런 감정들을 글로 적어 몇 번을 되짚었으니,

이처럼 고단한 일도 없었다

이만하면 되었다

할 만큼 했다는 말을 이렇게 쓰고 싶지는 않다만,

정말 할 만큼 했다.

이제 그만 힘들어하고 즐겁게 살자

계절이 서른 번 바뀌었다

이제 그래도 된다

밖에 내놓은 것들이 아니라

안에 들여놓은 것들을 위해 살자

누구에게나 돌아설 기회는 있는 것이다

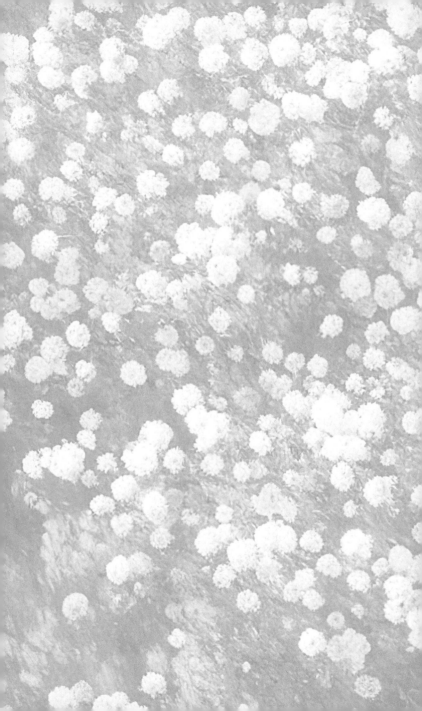

Part 2

마음 아픈 일은

다시는

하지 않기로 했습니다

감정이 사는 데
도움이 될까

행복을 잘 느끼는 사람은 슬픔 또한 잘 느낀다

슬픔을 잘 느끼는 사람 또한 행복을 잘 느낀다

그렇지 않다면, 상황이 나를 크게 벗어난 것이다

작게 나누면 각각인 것이

크게 더해 놓으면 결국 감정 덩어리 하나다

그리고 모든 감정은 기억으로부터 이어져 있다

어느 날의 행복은 반드시 어느 날의 슬픔이 된다

반대로 슬픔이 행복이 되는 경우는 보지 못했다

그렇다면 이 감정이 사는 데 도움이 될까

나는 도움이 되었다

감정 때문에 힘들었으나,

그럴 때마다 감정이 나를 살리기도 했다

생각이 많은 사람은 피곤하고,
감정을 잘 느끼는 사람은 고단하다
그래도 나는 이 고단함에서 오는
약간의 다름이 마음에 든다

이렇게 적히는, 이렇게 표현되는 무언가가 소중해졌다
이런 감정들이 사는 데 도움이 된다
더는 감출 필요가 없어진 것이다

생각이 많으면
마음을 잃는다

마음은 마땅한 길이가 없음에 정확한 깊이조차 가늠할 수 없다. 그러나 생각은 그 길이가 있다. 잘라낼 수 있는 명확한 시점 또한 있다. 생각이 떠나지 않는 것은 마음이 계속되기 때문인데, 마음이 계속되는 것은 생각 때문은 아니다. 마음은 그저 생기는 것이다. 그렇기에 마음을 두고 그 위에 생각을 너무 오래 두면 사는 것이 힘들어진다. 마음과 생각과 시간의 불협화음. 처음 느낀 마음을 잊게 될지도, 잃게 될지도 모른다.

마음 같지
않은 기분

반짝이는 날이 있는 반면,
아무것도 보이지 않는 날도 있다

요즘은 '기분'이라는 단어를 많이 쓰는데,
그런 날들은 기분에 따라 달라진다
그리고 그 기분은 마음도 생각도 아닌 우연이 만든다

아침에 우연히 눈에 들어온 민들레 한 송이 때문에
오늘은 내내 기분이 좋았다

퇴근길에 꺾여 있는 민들레 한 송이 때문에
오늘 밤에는 마음이 캄캄하겠다

보였던 것들이 새벽 위로 아른거린다

기분이 마음 같지 않아
가끔은 이런 밤들이 어렵기도 하다

맑은 날이
더 많기에

비가 내리는 것에 어찌 끝이 있겠어

그냥 잠깐 그치는 거겠지

대부분의 감정이 그래

완벽히 끝나는 감정은 없어

다 끝났다고 생각한 감정도

그 감정에 다른 무언가 엮여 비슷한 감정이 될 테니까

지금은 그저 비가 내리는 날보다

맑은 날이 많은 것이 다행일 뿐이야

꼬인 것을 자르면

그 길이는 짧아지기 마련인데,

짧아졌다고 해서 반드시

꼬임이 풀리는 것은 아니었다

중요한 것은 짧아진 것이

무엇이냐 하는 것인데,

나는 그게 전부 마음이었다

덕분에 짧아진 마음 멀리 주지 않고 산다

선택의
기준

생각은 지킬 수 없어도, 마음은 지키고 살아야지

그러지 못했기에 여기까지 온 것은 아닐까

마음이 결국 터지고 나서야,

나는 늘 생각을 바로잡으려고 한다

무수한 생각들과 쉼 없는 감정들

그럴 수 있다면,

생각에 감정을 맞추는 것이 아니라

감정에 생각을 맞출 수 있는 그런 선택을 하고 싶다

고생했다는 그 말이
듣고 싶었다

좋은 일도 있고, 안 좋은 일도 있다
행복한 날도 있고, 슬픈 날도 있다
그러다가 어느 날에는
참을 수 없을 만큼 아프기도 하겠지

중요한 것은 이렇듯 내가 느끼는 감정이 아니라,
이 감정이 별거 아님을 지켜봐 줄 사람 한 명이다
괜찮아질 때까지 기다려 줄 사람 한 명이다

내가 이 감정의 터널을 헤집어 헤엄쳐 나왔을 때
여기까지 오느라 고생했다며,
거대한 감정의 종식을 선언해 줄 사람 한 명이다

사는 것에 대한
회의감

얻는 것보다 중요한 것이
잃지 않는 것이라는 사실을 너무 늦게 알게 된다

운이 좋아 적당한 것을 잃고서 깨닫는 것은
어쩌면 크디큰 행운이다

순서가 뒤바뀌어 대단한 행복이 먼저 찾아왔다면
온 세상을 잃었을는지도 모른다

세상이라는 게 거대하면서도
아파서 다 물어뜯지도 못할 손톱만 하게 느껴진다

서른이 넘어 실패의 무게가 커졌을 때부터는
도전하는 것에 더욱 회의적이 되었다

얻고자 하는 것이 보잘것없어서가 아니라,
잃게 될 것들이 얼마 남지 않았기 때문이었다

안녕

안녕은 영원한 헤어짐은 아니라고 했던가
언젠가 다시 만나자고 했던 약속 중에
지켜진 약속이 있던가
안녕이라 제대로 불러 본 이별이 있던가

안녕,
그 인사에 우리는 무엇을 담았을까

행복을 주고도
슬픔을 받을 때

얻고자 하면 대가를 치러야 한다

감정 또한 마찬가지다

행복을 얻으려면 행복을 줘야 한다

그 순서가 정해진 것은 아니나,

오고 가는 것이 비슷해야 하는 것은 사실이다

슬픔을 주고서는 행복을 받을 수는 없다

문제는 행복을 주고도

슬픔이나 아픔 따위의 대가를 치러야 할 때

우리는 그런 상황을 견디기 힘든 것이다

천장까지 뻗은 유리창에 거꾸로 누운 초승달 하나

누구의 것일까,

누구의 마음일까,

누구의 생각일까

새벽 두 시,

긴 밤 어엿이 꺾인다

생각보다
좋은 생각

마음이 시키는 대로 하다가는 마음이 상처받는다

아이러니하게도 마음을 보호하는 것은 생각이며,
생각은 생각보다 좋은 것인지도 모른다

이것이 가끔은 필요 이상으로 머리가 복잡해지더라도
생각이 필요한 까닭이다

만남은 헤어짐과
함께 산다

이별 없는 만남이 세상에 있던가

만남은 새롭고, 이별은 권태롭다

소중했던 것들도
어느 날에는 마음에 치이기 시작하는데

그것은 소중함을 잃은 것이 아니라,
소중함이 덜해진 까닭이다

이별 없는 만남이 어디 세상에 있던가
이별의 감정이 결국 권태로움인 이유는

만남은 수많은 헤어짐과 함께 살아가고 있기 때문이다

상처는
상처를 만든다

과민하게 반응하는 사람과는 대화하지 않는다. 서른이 넘어서는 저마다 풍파를 한 번씩은 겪은 터라, 본연의 성격이 사라지기도 완전히 꼬여버리기도 한다. 더는 행동에 마음을 쓰지 않는 사람이 일반적이며, 마음을 반대로 쓰는 사람은 소수지만 꽤나 위협적이다.

나는 지금 '피해의식'에 대해 말하는 것이다.

가장 상대하기 어렵고, 마주하기 싫은 사람이 아닐까 싶다. 처음에는 그 행동이 안쓰러워 마음을 보이고자 노력했으나 지금은 아예 처음부터 상대하지 않는 상황에 이르렀다.

마음에 상처가 있는 사람을 바꾸려 노력하는 건 조심해야 할 일이다. 그 노력이 그만큼의 상처로부터 내게 다른 상처를 만든다.

그 사람이 소중한 사람이라면 괜찮아지기를 기다리면 될 것이고, 그렇지 않다면 지금 당장 멀어져야 한다.

나이가 들어갈수록 남의 인생보다 내 인생이 더 소중해진다. 내 인생을 망가뜨리면서까지 나에게 아무것도 아닌 누군가를 돕고 싶지는 않아졌다.

말

글은 마음을 바꿀 수 있지만
상황을 바꾸는 것은 '분명한 말'이다

글과 말의 무게를 정확히 빗댈 수 없다만
글은 언어로서 표현으로서
남다른 무게가 있는 것은 사실이다

그렇다 한들
관계를 결정짓는 것은 단언컨대 입으로부터의 언어

모든 사람이 마음을 쉽게 느낄 수 있는 것도 아니며,
마음의 소통보다 대화를 주고받는 것이
빠르고 편하기 때문이다

글을 쓰는 사람들은 글이 편한 것이 아니라
사실은 말로 전하는 것이 불편한 것인지도 모르겠다

말 한마디 진심으로 건넬 수 있는 용기라면
마음은 이미 전해진 것과 다름없어요

이제 당신의 마음을 믿어봐요
좋은 일이 생길 거예요

괜찮게 살고 있는 것은
아닐까

괜찮은 게 뭔데

어렵지 않게 잠을 이룰 수 있고,

아침에 눈을 뜨면 갈 곳이 있고,

좋은 마음으로 마주칠 사람이 있고,

불편함 없이 이야기할 사람이 있고,

함께 밥을 먹을 사람이 있고,

그러면, 그렇다면 사실은

괜찮게 살고 있는 것은 아닐까요

시작은
5분

일에 파묻혀 살지 않고서도 행복을 느낄 수 있다. 가진 것이 많아야 행복을 느낄 수 있다는 생각은 꽤나 원시적이다. 사실 행복은 가진 것이 적당할 때 가장 이상적으로 느낄 수 있다. 그게 무엇이든 보통의 범위 안에 들어가 있을 때 편안함을 느낀다. 많이 가지기 위해서는 많은 시간과 많은 노력을 소비해야 한다. 시간과 행복은 완벽하게 비례하는 것은 아나나 거의 비례한다. 시간을 만들어야 한다. 엄청난 시간을 투자해야 하는 것은 아니다. 시작은 하루 5분 정도의 틈이면 충분하다. 아주 사소하고도 제약이 적은 취미를 갖춘다면, 삶이 행복을 자연스럽게 알아갈 것이다.

괴로운 건
늘 마음

하늘이 무너지던 날에도

세상이 조각나던 날에도

가진 것을 전부 잃던 날에도

괴로운 건 늘 마음이었다

생각은 한참이 지나고 나서야 떠올랐다

감정 없는
기억

날이 심하게 흐린 날에는
머리 위에 모습이
하늘인지 구름인지 헷갈린다

하늘을 구름이 덮은 것인지
구름을 하늘이 덮은 것인지

하늘은 무성하고, 구름은 색이 어둡다

그러다가 시간이 조금 더 지나면,
비가 내리겠지

'오늘은 조금 슬플지도 모르겠다' 되뇌던 것들이
언젠가부터는 그저 감정 없는 장면이 되어 버렸다

기억에 감정이 남아 있지 않다면,
그런 기억은 잊힌 것은 아닐까
싶은 마음이다

감정을 모르고
하는 말

감정을 생각으로 덮을 수 있다는 사람들이
있다고 하던데
도대체 감정이 어디에 있는지 알고 덮을까요

어제는 지난 새벽에 똘똘 뭉쳐 가득 차 있던 것이
오늘은 또 종일 하늘에 넓게 퍼져 떠다니는데

붙잡을 수 있는 건가요

감정도 때로는 무서운 얼굴을 하고서는
나를 노려보며 들이받을지 모르는데 말이죠

생각은 결코 감정을 상쇄할 수 없다는 것을
모르고 하는 소리죠

감정을 느끼고

품고, 버리고, 다시 주워 담고

숱한 감정들, 있다가 없고

없다 생각하면 계속 있었고

가진 감정이 많다는 것은

축복이었을까요, 괴로움이었을까요

괴로우면서도
특별한

이전 몇 해는 생일이 되면 혼자서 스테이크를 구워

샐러드와 으깬 감자를 곁들여 먹었다

술은 마시지 않았다

더는 축하할 일도 아니었고

더는 슬픈 일도 아니었다

어머니께 감사하다는 말 한마디 전했다면 좋았을 것을

잘난 아들은 아직 마음을 앓았다

그저 쓸쓸한 날

텅 빈 하루가 흘러가는 그 위로

흘러가듯 몸을 눕히고 싶었다

아무것도 느끼고 싶지 않은

괴로우면서도 특별한 날이었다

참 열심히
살았다

2017년의 여름, 나는 망했다

가지고 있던 돈도

함께 삶을 살아가던 사람들도 모두 잃었다

그리고 그때부터의 감정이 모두 글이 되었다

글은 곧 상처의 기록이었다

그동안의 글은 모두 잊기로 했다

글 안에 감정을 애써 밀어 넣으며

마음이 터지는 것은 가까스로 막았으나

망가지는 것은 내가 아니라

내가 가진 소중한 것들이었다

나답지 않게 참 열심히 살았다

긍정적인 마음으로 살지는 못했으나

부정적인 마음을 담지도 않았다

그 노력이 지금의 너와 내가 되었다

마음의
힘

어머니는 내게 특별한 일이 있을 때마다

쌈짓돈을 챙겨주신다

대학에 입학했을 때도

회사에 취직했을 때도

책방을 열었을 때도

책방이 카페가 되었을 때도 그랬다

그것은 걱정이자 마음이며 응원이었을 것이다

세상에 나 혼자가 아니라는 사실을 알려주셨던 것 같다

그것은 몇 푼의 돈이 아니라 마음이었다

그 마음이 내게 와서는 버티는 힘이 되었다

이른 아침부터 문자 한 통이 넘어왔다

「아들아, 엄마가 미안하고 고맙다」

이유조차 붙어 있지 않는 그 마음에

오늘은 내내 먹먹하겠다

어려운 것은
쓸려갔으면 좋겠다

출간하는 책이 늘어갈수록 글이 점차 바뀌어 간다

더 많이 팔리는 책을 써야 한다는 압박감이

서서히 밀려온다

직업으로서의 타협의 순간이 온 것이다

감정이 생각으로 변할까 걱정이다

나는 마음을 적는 것이 좋은데

마음은 늘 소수의 영역인 것이라

쉽게 받아들이기 어려운 모양이다

누군가에게는 전부인 것이

누군가에게는 아무것도 아니라는 것을 안다

이해도 아닌 것이 공감도 아닌 것이

그저 어느 가을날 떨어진 이름 모를 낙엽처럼

그날에는 마음에 떨어졌다가

흔적도 없이 쓸려갔으면 좋겠다

때로는 마음이
못할 때가 있다

작은 규모의 책방을 큰 규모의 카페로 이전한다고 하니
주변에서는 모두 미쳤다고 아우성이다

내 상황을 전혀 모르는 사람들의 외침이다

물론 내가 말하지 않으니 알 리가 없다
그럼에도 불구하고 알아줬으면 하는 마음

그 걱정에 담긴 마음을 모르는 것은 아니나

"축하한다"

이 뻔하디뻔한 말 한마디면 기분이 가벼웠을 것을
때로는 형식적인 말보다 마음이 못할 때가 있다

섭섭하거나 서운한 마음은 들지 않으나
이럴 때면 괜한 외로움이 찾아온다

새벽에는
이유가 없다

꿈을 꾸다가 잠시 깰 때면

다시 잠들지 않기 위해 애를 쓴다

그 꿈이 좋은 꿈이든 악몽이든

다시 들어가는 것이 싫다

꿈에서 깨는 것이 얼마나 힘들었는지

눈이 번쩍 뜨이면 늘 땀범벅이다

그중에 절반은 눈물이었는지도 모르겠다

새벽에는 감정만 있고 이유는 없다

배려는
새벽과 같다

아는 이에게는 당연한 것이

모르는 이에게는 세상에 없는 것이다

새벽의 시간을 달콤한 수면과 맞바꾼 사람과

자신만의 공간으로 만든 사람의 세상이 어찌 같을까

밤이 새카맣다고 하여

마음까지 어찌 새카맣겠는가

그것은 새벽이라는 공간을 모르고 하는 말이다

그것에 대해 잘 이해하지 못하더라도

그런가 보다 하고 쉽게 넘어가 주는 것

그런 배려의 마음이 좋더라

오래되어
가는 것들

아버지는 적게 주무시고 오래 일하신다

아버지 평생에는 모르겠으나

적어도 내 평생에는 그랬다

한때는 유전되어 내려온 불면증이

심한 원망이기도 했으나

급하게 늙어가는 아버지의 얼굴을 보게 될 때면

요즘은 그 통증이 더 원망스럽기만 하다

나는 오래된 것들이 좋다가도

오래되어 가는 것들이 마음 아프다

나를 위한
공간

인간은 나서 죽을 때까지
공간을 갖기 위해 사투를 벌인다

주거할 공간
일상이 되는 공간
치유를 위한 공간
아무도 모르는 나만의 공간
그리고 마지막이 될 땅 한 평, 어쩌면 그릇 하나

행복이 깃들어 있는
나를 자유롭고 평온하게 떠받쳐주는
그런 공간, 그런 장소, 그런 풍경

찾을 수 없다면 내가 만들어야겠다는 생각이 들었다

간절한
마음

아프지 마라

아프지 마라

아프지 마라

세 번의 기회를 모두 같은 마음에 쓴다

아프지 마라

가끔은 심장을
꺼내놓고 싶다

압박감은

가로막혔을 때보다

휩싸였을 때 더 크게 느껴진다

사방이 꽉 막힌 것이다

감정이라는 것이 그렇다

생각은 보다 자유로운 반면

감정은 대부분 유연하지 못하다

생각이 끝이 보이지 않는 바다라면

감정은 길게 뚫어놓은 냇물이나 강물 같아

가끔은 심장을 꺼내놓고 싶다

공유하는 것이
싫다

세상의 변화에 따라 마음을 주고받는 일이 극명히 줄어들었다. 그리고 그만큼 행복도 줄었을 것이다.

반면에 어떤 이유로 쉽게 공유하는 문화가 생겨났다. 공유란 본디 공동으로 소유한다는 의미인데, 지금의 공유는 나누어 가지는 것이 아닌 개인과 개인을 확실하게 갈라서게 하는 것이 되어 버렸다.

이것은 개인주의와는 조금 다르게 느껴지기에 어쩐지 마음이 가지를 않는다.

책 한 권, 자리 하나, 시간 몇 분을 나눠 갖더라도 나눠 갖는 일만큼은 이성보다 감성이 조금이라도 많이 쓰였으면 좋겠다.

행복은 결국 감성이라는 마음이 생각이라는 이성보다 클 때 쉽게 찾아오는 것은 아닐까.

외로움이란
감정

"사람이 사람을 얼마나 외롭게 만드는지

모르고 하는 소리지"

<킬리만자로의 표범> 중에서

무엇 하나를 알게 되면 그 하나만 알게 되지만

사람 한 명을 알게 되면,

그 사람이 가진 여럿을 알게 된다

한 번 알았던 사람을

깨끗이 정리할 수 없는 이유가 여기 있다

사람은 사람을 외롭게 한다

사랑도 사람을 외롭게 한다

외로움은 마주하지 않을 때 생기는 감정이 아니라

사람을 잘못 마주할 때 발현하는 감정인지도 모르겠다

낙엽이 지던 화창한 가을날
내 기억은 왜 눈물이 났을까

마음에 무엇이 떨어졌길래
줍지도 못하고 바라보기만 했을까

말 없는 마음은
닿기 어렵다

배트맨은 나의 유년 시절 유일한 영웅이었다
배트맨의 영화 시리즈를 챙겨보는 것도
그 때문이었다

영화 〈배트맨 비긴즈〉에 나온 말 중에
한 시절 쿵 하고 떨어졌던 대사가 있다

"너를 나타내는 건 생각이 아니라 행동이야"

생각만 가득 차 있던 그 시절을 끝내버린 한마디였다
나는 정말 그때 케이티 홈즈가
내게 말하는 것으로 들렸다

마음도 비슷한 맥락에 있다

그러나 마음은 행동으로 전하는 것보다
말로 전하는 것이 좋다

행동에는 확신이 없다

그러나 말은 정확하다

꽃다발을 열 번 주는 것보다

좋아한다는 말 한마디가 마음에 더 쉽게 닿는다

중요한 감정은 말로 전했으면 좋겠다

그게 어렵거든 글로 썼으면 좋겠고

행동은 그다음이다

그럼에도 불구하고 행동은 모든 감정의 기본이다

마음이 담긴 행동을 갖췄다는 전제하에

힘을 얻는 것이다

진심 말이다

흉터

마음이 결국 크게 터지고 나서야
우리는 생각을 바로잡으려고 하니까
터질 때마다 상처가 남는다

분명 터지고 나서도
상처가 남지 않을 수 있던 아픔도 있었을 텐데
모두 상처가 되었다

아픈 것이야 느낌으로 남겠지만,
상처를 눈으로 확인하는 것은 비참하기만 하다

기억

가진 게 기억뿐이라

기억마다 감정이 줄기처럼 붙어 있는데

이 많은 기억을 나눌 사람 하나 없다는 게

같은 기억을 같고 사는 사람 하나 없다는 게

슬픔을 받아들였던 그날은 참으로 원망스러웠다

기억의 당사자가 삶을 벗어나면

기억 또한 함께 사라졌으면 좋겠다

그 행복 또한 슬픔이 될 것이니

늦지 않게 사라졌으면 좋겠다

더 외로워질
마음

"엄마, 나 제주에 가서 책방을 열면 어떨까?"

어머니는 걱정을 담아 말씀하셨다

"바닷가에 오래 살면 사람이 우울해질 거야
더군다나 너처럼 젊은 나이에 그런 한적한 곳에 살면
마음이 더 외로워지지는 않을까?"

파란 바다, 끝없이 밀려오는 파도
푸른 하늘, 하얀 구름
바람 소리, 반듯이 펼쳐진 수평선

그러나 그 어디에도 나는 없을 것이라고 하셨다

인생의 어디쯤 왔을까

힘을 써야 할까
힘을 빼야 할까

그래도 갖고 태어난 힘은 모두 쓰고 싶은데
그 힘의 대부분이 마음이었으면 좋겠는데

남은 마음이 없을까 걱정이다

편지를
쓴다

뭐라 말하기 힘들 때가 있다

마음이 전부가 되지 못하는 상황에 이르면
마음이 너무 안 좋다
이것은 어쩔 수 없는 천성이다

뭐라고 말을 해야 할지 모르겠다
나는 그때마다 편지를 썼다

마음이 제대로 전해졌는지는 모르겠으나
내 마음은 조금 괜찮아지고는 했다

편지는 받는 사람을 위한 것만은 아니다
쓰는 사람 역시 그 편지로부터 더 좋은 마음을 얻게 된다

언젠가 이해가
될 테니까

그는 생각보다는 오래된 사람이었다

그립다는 감정을 왜 그리 오래 짓고 살았는지
그때는 이해할 수 없었다

여기까지 오고 나서야 문득 눈이 뜨인다
그는 그 감정을 한 장 한 장 넘기고 있었구나

지금 이 감정 역시 언젠가는 이해가 되지 않을까

오래된 삶이 반갑게도 넘어간다

기다림은
기대하는 마음

별다른 일이 없어 카페에 오래 머무를 때면
입구 쪽 큰 창을 뚫어지게 응시하며
누군가 오기를 기다린다

손님이면 좋겠고
아는 이면 더 좋겠다

기다림이란 결국 기대하는 마음이기에
머무를 곳이 생기고부터는 전에 없던 설렘이 생겨 좋다

또 다른 마음이
있다는 믿음

"지난 1년 동안 난 치골리의 그림을 통해 내 재
생을 실험해 보았다. 난… 부서질 것 같은 마음
을 몇 번을 다잡았는지 모른다."

〈냉정과 열정 사이〉 중에서

지난 몇 해를 거듭해 온 글쓰기는
내게는 사는 것이자, 죽는 것이었다

내 기억에 의하면 몇 번은 부서졌을 것이다
그때마다 다 죽어가는 마음을 붙잡은 건 역시 마음이었다

그러나 그 마음이 내가 가진 마음의 전부는 아니었다

힘든 마음을 다잡는 것은 또 다른 마음이었다

마음이 있고, 또 마음이 있다
전부라고 생각했던 마음은 가장 큰마음이었을 뿐
전부는 아니다

작은 마음은 언제든 커질 수 있고
큰마음은 언제든 작아질 수 있다

마음이 크고 넓다는 것은
새롭게 느끼고 담아낼 마음 또한 넓고 크다는 것

또 다른 마음이 있다는 믿음으로 살고는 했다

건물이 높아질수록 하늘은 좁아 든다

내 마음에 무엇을 건설해야 할까
너무 많고 높은 건물은 안 되겠다 싶어

꽃 한 송이 마음에 품고 산다

걱정의
무게

고등학교에 다니던 시절
어머니는 아침마다 김밥 한 줄을 싸 주셨다

조미도 되지 않은 마른 김에
달랑 김치 한 줄 들어간 김밥이
왜 그렇게 맛있었는지 3년을 내내 먹었다

지금 생각해 보면
나는 그 김밥이 맛있었던 것이 아니라
그 시간이 좋았던 것 같다

젊음에도 아직 미치지 못했던
걱정이랄 게 성적뿐인 새파랗게 어린 마음이랄까

아침이 오는 것이 참 설렜다

피하고
싶은 날

사람마다 자신을 부서뜨리는 것이 있다

비가 내리는 날이면 나는 자주 부서지고는 했는데

비가 오면 습관처럼 비 앞에 섰으니
사실은 피할 틈이 없었는지도 모르겠다

빗소리를 좋아하면서도 그
소리에 슬퍼지는 것은 지나간 장면들 때문이다
잊히지 않는 장면을 끌어내는 매개가 빗소리인 것이다

귀에 들려야 하는 것이 눈으로 보이는 것은
내 생각과 마음을 닮았다

비가 내리는 날에는 사람 많은 곳에 가지 않는다
내 마음을 들키는 듯하여 괜히 피하고 싶어진다

영혼이 아직
남아 있다면

육체와 마음은 긴밀히 연결되어 있다

영혼은 오랫동안 기다려 준다

영감과 마음의 연결 통로

가슴은 머리가 알지 못하는 것을 안다

〈놀이, 마르지 않는 창조의 샘〉 중에서

책 한 권을 추천받았다

비슷한 생각이 적힌 글을 읽을 때면

내 생각이 완전히 잘못된 것은 아님을 느끼곤 한다

몇 번은 버려졌을 영혼이 이번 생애 아직 남아 있다면,

또다시 사랑할 수 있을까 싶었다

얼마든지

요즘 꽂혀 있는 말이 있다

'얼마든지'
'얼마가 되더라도'

얼마의 값은 사람마다 다르겠지만,
나는 그 값이 너무 크지도 너무 작지도 않았으면 좋겠다

값이 크면 부담스러울 것이고
값이 작으면 사는 것이 힘들 것이기 때문이다

얼마든지 느낄 수 있는 감정이었으면 좋겠고
얼마든지 할 수 있는 생각이었으면 좋겠다

얼마든지 그럴 수 있는 삶을 살고 싶다

내 나이가
되어 간다

나이가 조금 들면서

작게 작게 상처를 입는 일이 잦아졌다

어제는 종이에 손을 베였는데

그 서늘한 느낌에 소름이 끼치기도 했다

손에 상처가 많아졌고,

멍이 드는 일도 끊기지 않는다

30대 초반까지는 모르고 살던 상처들이

스치듯 눈에 들어올 때면

내가 정점에서 한참을 내려왔구나 싶다

종이가 얼마나 날카로운지 모르고 살았다

도대체 모서리에 왜 부딪히는지

길을 걷다가 왜 넘어지는지 그 한순간을 이해 없이 살았다

요즘은 이런 변화로부터

모르고 살던 당연한 것들을 알게 되는 중이며,

첫 순간은 어색하면서도 나날이 익숙해지고 있다

어렵사리 내 나이가 되어 간다

너무 빨리 괜찮아지는 것도
너무 쉽게 잊히는 것도
이상하잖아

그래서 그냥 모든 날들이
필요한 시간이었다고 생각하기로 했어

뭐든 당연한 것이 되면 신경 쓰지 않게 되어 있거든
그렇게 언젠가는 아무것도 아닌 게 될지도 모르잖아

참 오래된 생각을
꺼낸다

자른다

한번 접어도 보고 불을 붙여 보기도 한다

마음에 불이 난다

이것은 기억도 아닌 것이
어찌하여 생각이 되었을까

생각이 꺼지지 않는다

던져
놓는다

헤아릴 수 없는 것은
헤집을 수 없는 것은

그저 지켜본다

너무 가까이 있지도
너무 멀리 있지도 않은 적당한 거리에서
바라만 본다

상상하지 않는다
넘겨짚지 않는다

결론이 나기를 기다리지도 않는다

언젠가 연락이 오겠지 하며 던져놓는다

시간이 흘러 소식이 전해져 오면 반가울 것이고
끝내 닿지 않는다면 가볍게 잊힐 것이다

가질 수 없는 것은
버릴 수도 없다

감정과 이성이 맞닿으면 쉽게 모순이 생겨난다

그리움이 가진 특이한 모순

가질 수 없는 것은 갖지 못했으니 완전히 버릴 수도 없다
늘 갖고 산다는 것은 버리지 못한다는 것이니까

편도염

목이 칼칼한 것을 보니 간절기에 이르렀다

타고나기를 크고 두꺼운 편도 때문에
계절이 바뀔 때면 열병을 앓는다

몸이 아프면 마음은 쉽게 무너진다
그러나 매해 반복된 경험으로부터 나는
이 상황을 벗겨내는 방법을 알고 있다

마음을 토할 때가 된 것이다

버릴 마음은 버리고
새로 담을 마음의 자리를 마련하기 위해

가장 먼저 정리해야 하는 것은 역시
해묵은 감정 덩어리기에
그 마음을 뱉어낼 준비를 하는 것이다

아프면서도 기대하게 된다

해가 바뀌거나 계절이 바뀌는 것처럼
내 의지와 상관없이 만들어지는
큰 변화의 환경에 기대어 보는 것도 좋다

한 번 완벽히 성공하지는 못했으나
무너지지 않고 사는 데 도움이 되었다

끝이 되어 간다
무언가 새로운 시작이 있겠다

끝이 나면 거침없이 뛰어나가고 싶다
그 하루는 미친 듯이 달려보고 싶다

처음 시작하던 날처럼
종소리가 울려 퍼지기만을 기다리고 있다

마침내
내가 보였다

감정에 가시가 돋칠 때면

나는 늘 맨 뒤에 가려져 있었다

앞에 있는 것들이 모두 사라지고 나서야

그제야 내가 보였다

그것들이 휩쓸려간 것인지

아니면 모두 나를 떠나간 것인지

내가 그것들을 사라지게 만든 것인지

별로 중하지도 않았다

마침내 내가 보이기 시작했을 때

나는 '살았다' 싶었다

가끔은
그립습니다

어느 정도 무게가 실린 질문에는
괜찮다는 말이 쉽지는 않습니다

그럼에도 한마디 마음을 꺼내는 이유는
마음에 대한 감사이자
표현에 대한 적당한 답이기 때문입니다

한참을 귀찮던 위로의 말도
가끔은 그리울 때가 있었습니다

느지막이 퇴근한 날,
집에 들어서는 그 오르막길이 나는 그랬던 것 같습니다

사람
소리

장마에 들어선 후로는

매일같이 엄청난 폭우가 몰아친다

비가 많이 내리는 날에는

인적은 드물고 빗소리는 우렁차

온 동네가 조용하게 잠긴다

멀리 떠나지 않고서도 멀리 떠나온 기분이 들어 좋다

사람 사는 게 이렇게나 시끄러웠나 싶다

생각이
머물렀다

그는 참으로도 그같이 말했다

"인생은 부질없어"

그가 휘감은 색이 바랜 베이지색 낡은 목도리가
그날따라 초라하고도 따스해 보였다

그는 무엇을 품었다 버렸을까

그 생각 하나가 며칠을 머물렀다

다행
이었다

비라도 내리면 어찌 사나 했다

꽃이라도 피면 어찌 사나 했다

낙엽이라도 지면,

첫눈이라도 내리면 어찌 사나 했다

생각대로 이뤄진 것은 없으니

다행인가 싶어 마음은 오히려 편안했다

나는 몇 명의 사람을 사랑했을까
나는 몇 명의 사람으로부터 환멸을 느꼈을까

색깔이 아직 남아 있는 기억도
색이 바래 새카만 기억도

헤아려지는 것이 뚜렷하여
나는 괴로웠다

슬픔은
느려 터졌어요

하루 종일 비가 내리면

그 하루만 슬플까요

나는 다음 날에도

그다음 날에도 슬프던데요

슬픔은 분명 끝은 있으나

생각보다는 훨씬 느릿했습니다

마치 그 무게를 아는 것처럼

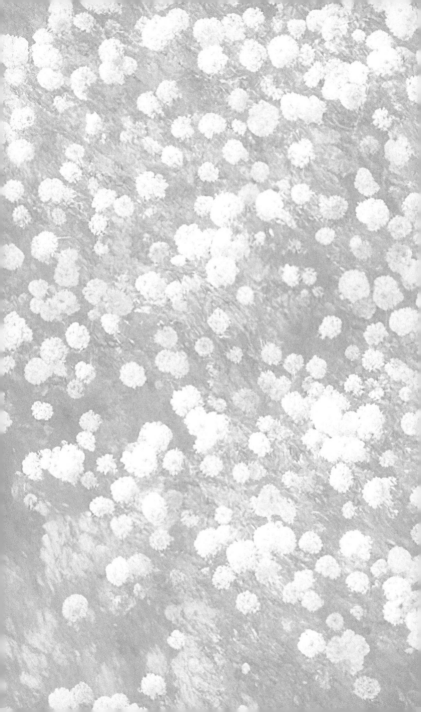

Part 3

당신보다
소중한 것은
없다는 믿음으로

약속

말을 맞춘다

생각을 맞추고, 마음을 비슷하게 만든다

이것은 지금의 감정에 미래의 생각을 더한 것이다

무언가에 살짝이라도 엮여 있다면,

지킬 수 없는 약속을 하게 되는 경우가 있다

이 약속은 지킬 수 있다는 확신이 아니라,

지금 이 순간을 피하고 싶다는 미련함이다

약속에 미래를 두어서는 안 된다

약속은 지금 이 순간에 갖고 있는 생각과 마음을

온전히 두어 해야 한다

무엇 하나 가볍게 당겨 와서는 안 된다

그래야 지킬 수 있다

나는 웬만한 일과 웬만한 감정에는 약속을 두지 않는다

무언가를 약속했다면,

당신이 아주 중요한 사람이라는 것이다

그리고 그 마음을 나는 꼭 지키고 싶다

그리움이란
감정

떠난 사람은 결코 돌아오지 않으며,

남겨진 사람은 멀어지려는 것을 꾸역꾸역 따라 걷는다

그리움이다

나는 그것이 그리움인 줄만 알았기에

한때는 방법이 없었다

시간이 아주 오래 지나고 나서야 알게 된다

그저 따라가지 않으면 끝이 난다는 것을

깨닫고 나면 답은 언제나 단순하다는 것을

아마도 그때의 나는 이런 감정을 묶어 둘 단어가

그리움밖에 없었던 거 같다

삶을 밀고 나갈 힘이 그것 하나였던 것 같다

복잡한 감정이었으나 끝에서는 간단한 답이었다

그리움은 농도는 짙으나

생각에 따라 무거운 감정은 아니다

쉽게 날려버릴 수는 없으나, 언제든지 날아갈 수는 있다

좋은 사람을 만나면 된다

세계 인구가 80억 명이 넘었다

80억이 넘는 사람 중에

좋은 사람 하나, 내게 어울리는 사람 하나 없는 것은

말이 안 된다

그리움에 허덕이거든 바다를 지켜볼 것이 아니라,

돌아서 그 주변에 있는 사람을 바라보아야 한다

우리는 반드시 소중한 것과 한 번 더 마주칠 수 있다

마음과
비슷한 곳에 살아

행복할 때를 놓치면 불행해지기 쉽다

행복을 즐겨야 한다

애써 밝아지려 노력하기보다는

밝은 곳에서 사는 것이 도움이 된다

환경을 바꾸면 따라오는 것은

자연스레 밝아질 가능성이 크다

우리는 자극에 대한 반응에 치중하는 경향이 있는데

어쩌지 못하는 자극이 아니라면,

반응을 먼저 손볼 것이 아니라

우선은 자극부터 바꿔볼 생각을 하는 것이

효과적일지도 모른다

부디 마음과 비슷한 환경에서 살았으면 좋겠다

어울리는 곳에서 살았으면 좋겠다

불편했던 근심들이 대부분 괜찮아질 것을 믿는다

환경에 따라 기분이 달라지는 것처럼
기분에 따라 환경이 달라지기도 한다

감정을 조절할 수 없다면,
기분을 바꿔보는 것은 어떨까

안부

응원한다

가끔 힘들고,

가끔 속상하고,

가끔은 감정의 소용돌이가 휘몰아쳐

너의 마음 가눌 수 없을지라도

나는 네가 너의 삶 안에서 계속해서 행복을 찾길 바란다

찾지 못하더라도

행복이 가까이 있다는 것을 알고 살길 바란다

나는 네가 행복하기를 바란다

언젠가처럼 아무 때고 연락해 안부를 묻길 바란다

마음의
정리

마음이 돌아서면 정리는 순식간이다
마음이 그대로면 시간이 아무리 흘러도 정리되지 않는다
오히려 잘못된 생각으로 쌓여만 간다

사는 것을 밟히는 차례로 바꿔 본들
흐트러질 뿐 사소한 마음 하나 새로워지지 않았다

마음과 감정은 결국 기록이며 역사다
역사는 바꾸는 것이 아니라, 새로 쓰는 것이다

변화 없이 바꿀 수 있는 것이 있을까

그때 그 마음 하나만으로
인생의 남겨진 모든 것을
이어가려고 해서는 안 되는 것이다

어차피 책임은
스스로 진다

잘하고 있다

더는 헷갈리지 않는다

선택이 옳은 것이 아니라

내가 옳다

내가 옳다는 확신이 들면,

어떤 선택도 후회가 되는 일은 없다

선택 앞에서 망설일 필요 없다

선택의 주체가 무엇인지,

그게 사람이라면 누구인지 생각하라

이 삶은 내가 주인이고,

선택에 대한 책임은 늘 스스로 지고 있지 않은가

책임이라는 단어가 주는 압박감을

밀어낼 수 있게 되었다

잘 느껴야
잘 산다

바쁠수록 생각은 많아진다
적어지는 것은 오히려 느끼는 쪽이다

바쁘다는 핑계가
답답한 마음에 대한 이유가 될 수는 없다

생각은 시간과 공간의 제약이 덜하고,
느끼는 것은 그 이상의 제약이 많다는 말은
감정을 느낄 생각이 없는 사람이나 할 말이다

음악회에 가야만, 전시회장에 가야만
무언가를 느낄 수 있는 것은 아니다

행동하는 것이 감정에 변화를 주는 것은 맞지만,
그렇다고 해서 반드시 그런 것은 아니다

인간은 느껴야 산다
좋은 감정도 좋지 않은 감정도 느껴야 산다

느끼지 못한다면,

생각에 사로잡혔을 때

스스로를 휘어잡기 힘들 수 있다

인간을 살게 하는 것은 심장이며,

그 삶을 더 잘 살게 하는 것은 뇌이다

인간은 태생이 감정인 것이다

아프다는 말은 아프고

슬프다는 말은 슬프며

힘들다는 말은 힘들다

날마다
꽃은 핀다

어떤 환경도 어제와 오늘이 완벽히 일치하는 것은 없다

어제와 오늘을 비교하는 것은 감정에 부담을 준다

어제의 나와 오늘의 나를 비교하는 것도 마찬가지다

우리는 그저 기억하면 된다

그런 날도 있었음을

어느 날에는 떠올리면 된다

필요한 기억이거든 잊히지 않을 것이고,

필요 없는 기억이거든 잊힌 것도 모른 채 지워졌을 것이다

어제 핀 꽃이 내일 다시 핀다는 보장은 없지만

한 번 핀 꽃은 언젠가는 다시 필 것이다

삶의
환기

사람을 만나지 않은 것도

사람을 만난 것도

거대한 막이 내리고 나서는 결과적으로 도움이 되었다

중요한 것은 행위가 아니라

상황에 따르는 마음의 위치였다

마음을 적당한 위치에 덜어 놓을 수 있게 되었을 때,

내가 잃어버린 것들이 다시 보이기 시작했다

잃었던 것을 찾으려면

잊고 지냈던 것을 먼저 기억해야 한다

나는 늘 비슷한 조언을 한다

"집 밖을 나서 세상에 돌아가 삶을 다시 환기하세요"

자신 있게 말하고는 한다

나를 소중히 대하는 사람과
시간을 보낼 것

5분을 쉬더라도 10분을 쉬더라도

나를 소중히 대하는 사람과 시간을 보낼 때

그 쉼이 쉼의 역할을 한다

1분의 시간이 10분을 망치고,

10분의 시간은 하루를 망친다

어쩌면 며칠을 몇 주를 망칠지도 모른다

함께 있으면 편안한 사람

특별히 무언가를 주고받지 않아도, 이유 없이 아늑한 사람

내 시간을,

함께 있는 공간을,

나를 소중히 여기며 함께하고 있다는 뜻이다

이런 사람들은 내 삶에 크게 도움을 주지는 못해도

내가 힘이 들 때 존재만으로도 분명히 도움이 된다

도움이라는 것이

필요할 때는 크고 작음과 상관없이

그 자리에 있는 것만으로도 마음을 붙잡아준다

힘들이지 않고
지속하기

멀리 달리기 위해서는

우선 오래 달릴 수 있는 연습부터 해야 한다

그리고 오래 달리기 위해서는

천천히 달리는 것부터 연습해야 한다

천천히 오래 달린다는 것이 말은 쉬우나

직접 달려보면 여간 쉽지 않다

빠르게 달리면 금방 지치며,

천천히 달리면 오래 걸리나 지치는 시간도 오래 걸린다

적당한 힘을 써서 오래 지속할 수 있는 것

만족의 중점을 어디에 두느냐에 따라

행복의 질이 달라진다

어쩌면 행복은 크기보다

알맹이가 중요한 것인지도 모르겠다

빠르게 달리려던 것이 지금은

적당히 달리는 것으로 바뀌었고

줄어든 속도만큼 헤아릴 수 있는 것이 많아져 좋다

내가 줄인 것은 어쩌면 속도가 아니라

걱정은 아니었을까 싶다

우리는 이미 각자의 방식을 통해

최선으로 살고 있다

이보다 더 잘 살 수는 없다

그러니 더 열심히 살 것이 아니라

이제는 방향을 바꿀 때이다

당신도
괜찮아질 거예요

작가로 살다 보면, 아픔을 들고 찾아오는 사람이 많다

작가는 심리적인 조언을 할 자격이
되지 않는다는 믿음으로
몇 해를 마음 한번 주지 않고 돌려보낸다

나로부터 전해지는 여러 감정의 언어에 대해
위안을 삼기를 바랄 뿐,

애써 듣기 좋게 만들어 낸 위로를 주고 싶지는 않다

잘못된 위로가 사람에게
얼마나 큰 상처를 주는지 알고 있다

아프지 않으려면 어떻게 해야 하냐는 물음에 대해

그저 이런 말을 돌려주고 싶다

"나는 이제 괜찮아졌어요, 당신도 그럴 거예요"

숨겨진 재능을
찾을 것

내가 작가가 되어

여섯 권의 책을 썼다는 것이 믿기지 않는다

학창 시절에 시를 쓰는 것을 좋아했던 것을 빼면,

글쓰기에는 영 관심이 없었다

사실은 지금도 마찬가지다

대학 시절에는 도서관에 있는 시집을

수천 권은 읽었을 것이다

이것은 내 취미이자 나름의 놀이 같은 것이었는데,

4년 대학 생활에서 얻은 유일한 만족감이었다

세 번째 책을 썼을 때, 어머니는 말씀하셨다

"네가 작가가 되려고 그랬나 보다"

수많은 시와 편지들

타고난 감수성, 한 번도 사라진 적 없는 여린 마음

덕분에 애를 써 글을 써본 일은 극히 드물다

그저 솔직한 심정을 마음에 담아 글로 옮겼을 뿐이다

나는 서른이 넘어서 작가가 되었다

아직 남은 삶을 정하지 못한 사람에게

이런 말을 해주면 어떨까 싶다

"당신도 그러려고 그랬나 보다"

우리는 전보다 남은 인생이 길기에

잊고 살았던 재능을 찾길 바란다

그래도 지킬 선은
있어야 한다

소중한 사람은 소중히 대해야 하며,

단지 가깝기만 한 사람과 소중한 사람은

구분할 줄 알아야 한다

사람 간의 관계는 언제든지 멀어질 수 있으나

한번 들어선 마음, 쉽게 사라지지 않는다

편할수록 막역하게 대하는 것은 소중한 것이 아니라

불편함이 없는 관계일 뿐일 수 있으며,

선을 넘는 것은 그 한 번이 어려운 것인데

한번 넘은 선을 넘나드는 것은 어렵지도 않은 일이다

어렵지 않다는 것은 끝에 가서는

사람마저 쉬워지는 일이 되고는 한다

모르는 척할 수
없는 마음

못된 사람들은 특유의 가식이 있다
"나는 착한 사람 아니에요"라고 말하면서도
사실은 착하다는 뉘앙스를 풍긴다

못된 사람이 착한 사람을 보면
비아냥거리는 경우가 많은데
착한 사람도 본능적으로
못된 사람을 알아보는 느낌이 있다

그 느낌이 곧 마음이고
같은 마음을 가진 사람들만 알아볼 수 있는 감정에 가깝다

생각과 마음은 쉽게 충돌하지 않는 것처럼 보이나
늘 충돌하고 있다

마음은 계속해서 밀려나고
생각은 그 틈을 놓치지 않고 쭉쭉 밀고 들어온다

못된 사람들은 그 밀림을
본인의 잘남이라고 착각한다

착한 사람이 못된 사람에게 당하는 이유는
어리석고 아둔하기 때문이 아니라
다 알면서도 그 마음
모르는 척할 수 없기 때문이다

불편한 마음 누구한테 버릴까

어디에 버릴까

버릴 곳 없어 나한테 버렸다

그 마음이 결국 병이 되었다

적당한
일탈

돌이켜보면, 나이에 맞게 사는 것이 옳았다

중학생 때 담배 한 개비 태워보지 못한 것,
고등학생 때 술 한 잔 마셔보지 못한 것,
대학 때 클럽에서 미친 듯이 놀아보지 못한 것

모두 후회다

올바르게 사는 것이 결코 옳은 인생이 되는 것은 아니었다

후회를 지우는 것은 경험이다

죄짓고 사는 것이 아니라면, 충분히 해 볼 만한 것들이었다
단, 적당한 꾸중 정도에 그치는 일탈이어야 한다

도덕적 사고가 반드시 인생을
올바르게 만드는 것은 아니었다

**가벼운 것들은
바람만 불어도 요란하다**

바깥바람에 제 몸 하나 가누지 못하는 것은
자신의 뿌리를 믿지 못하기 때문이다

얇은 줄기는 쉽게 휘청이나
보다 어렵게 끊긴다

그러나 가벼운 것들은
얕은 바람에도 휘날려갈까
그 바람을 가만히 두지 못하여
스스로 다른 곳에 제 몸을 옮겨 심는다

꽃향기가 널리 퍼지듯
악취 또한 널리 퍼진다

이것은 좋은 것도 나쁜 것도
일어날 것은 일어난다는 것인데

가벼운 것들은 옅은 악취에도 무엇을 탓한다

맺지 않으면
끊을 것도 없다

낯을 가리는 성격 탓에
맺는 것이 어려운 시절도 있었다

그러나 더 힘든 것은 늘 끊는 쪽이었다

마지막 말은 언제나
날카롭거나 축축하거나 둘 중 하나였다

관계에 대한 결론은 하나다
맺지 않으면 끊을 것도 없다

마지막 말은 늘 어렵다

생각이나 감정 따위가 아니라
오래 먹은 마음이기에

마지막이 될 마음은 늘 어렵다

다가올
하루

비 내리는 것에 어디 끝이 있을까

그냥 잠깐 그치는 거지

그리고 다시 내리겠지

중요한 것은

비가 계속 내리느냐

계속 내리지 않느냐가 아닐까

비는 내리는 것이 맞아

그래 내려야 하는 것이 맞아

감정을 억누르려고 하지는 마

그냥 내버려둬 보는 거야

그러다가 어느 하루는 그치겠지

그 하루를 준비하면 돼

늦게 핀
꽃

늦게 핀 꽃은 피었다는 이유만으로 아름다우나
늦어버린 계절에 어울리지 못한다

늦게 핀 꽃은 오래 피어 있지 못한다

늦게 핀 꽃이라는 미사여구조차 위로는 아니었을까

꽃은 적당한 때에 피어야 가장 아름답다

더는 늦지 않고 싶다

어떤 마음이든
상관없어

괜찮은 척하지 마라

너는 늘 하지 않아도 되는 말까지 한다
그게 상처라는 것을 알고 있다

나뿐만이 아니라,
너를 소중히 여기는 대부분의 사람이
이미 알고 있을 것이다

너의 마음을 들려주기를 바란다
우리 모두는 기다리고 있다

그게 어떤 마음이든 상관없다

나는 유연한 사람은
아니다

속에서 불어나는 것은 물같이 흐르나
겉으로 보이는 것은 뻣뻣하게 튀어 오른다

그 표현이 어려워 글을 쓰게 됐는지도 모르겠다
아마 맞을 것이다

반드시 글이 아니어도 좋겠지
그러나 그게 무엇이든 내게 글 같은 것이
당신에게도 있었으면 좋겠다

동경

하고 싶었던 취미를 하나씩 챙기며 산다

갖고 싶었던 꿈을 이루며 산다

그런 마음을 먹은 첫해에는 바이올린을 시작했고

그다음 해에는 캠핑을

그리고 지난해에는 유화를 그리기 시작했다

모두 어렸을 때 아무도 모르게 동경하던 것들이었다

약간의 시간과 약간의 금전적인 여유가 생겼다

나는 그것으로 다른 것이 아니라, 동경을 채웠다

마음의 끝이 여유로워진다

나에 대해
잘 알 것

하루는 내 얼굴을 손바닥으로 가리고서는

눈을 빼고 보면 남자답게 생겼는데

눈만 보면 참 예쁘게 생겼다고 한다

나는 내 눈과 눈빛이

내가 가진 장점인 것을 이미 알고 있다

덕분에 너의 그 말이 진심이라는 것을

쉽게 느낄 수 있었다

내 장점을 말해주는 사람이 있고

그 장점을 내가 알고 있다면,

마음이 그렇게 좋을 수 없더라

나에 대해 잘 아는 것도 나를 위해 필요한 것이었다

호우
시절

올해는 장마가 꽤나 빠르고 길게 온다고 한다
어제는 이미 큰비가 반나절은 쏟아졌다

고즈넉을 열고 처음으로 맞는 장마가 걱정이긴 하나
왜인지 기분은 좋다

장마 소식이 들려오면
마음을 지킬 준비부터 하던 내가
어느덧 사는 걱정을 하고 있다

이제 정말 괜찮아졌다는 생각이 든다

오래 넣어뒀던 감정이나 생각을 한데 모아둬야겠다
쌓임 없이 쓸려갔으면 좋겠다

호우 시절이라고 했던가
좋은 비는 때를 알고 내린다

딱 적당할 때 장마가 온다

기억은 과거라기보다는
현재의 감정 또는 생각에 가깝다

추억이 미화되고
기억이 잊히거나 또렷해지는 것은

바로 지금 이 순간에
소중하거나 필요 없기 때문이다

너무 오랫동안
힘들었다

이제 그만 놓아주라

너무 오래, 그리고 세게 붙잡고 있었다

붙잡은 마음도
붙잡힌 생각도

너무 오랫동안 힘들었다

놓아주자
힘을 빼자
시선을 거두자

눈앞에 하얀 나비가 나풀거린다

감정이
좋다

나는 후회의 생각보다는
슬픔의 감정을 먼저 느끼는 사람에 가깝다

감정적이라는 것은 생각에 이르기 전에
감정을 먼저 느끼는 것인데

감정을 먼저 느끼고 나서 하게 되는 생각도
생각보다는 건강하다는 것을 말하고 싶다

감정적이라는 표현보다는
감정이 좋다는 말이 듣기에 반갑다

안심이
된다

사는 데 있어서 한 번씩 큰 사고가 날 때마다
오히려 건강함을 느낀다

별거 아니라는 자만이나 오만이 아닌
이 정도 문제는 견딜 수 있는 유연함이 있구나
하는 생각으로부터

이 정도 일은 아무것은 아니고
대단한 일도 아니구나 하는 안심이다

안심이 된다

상처받을 거
없어

내 마음을 나보다 잘 아는 사람은 없어

내 생각을 나보다 잘 아는 사람도 없어

사람들이 아는 것은

내가 보여 주고 싶었거나

감추지 않았던 것들뿐이야

그러니까 나에 대해 틀린 말을 해도

너무 상처받을 것 없어

그건 진짜가 아니니까

결국에는
걷힌다

한때는 내 마음을 증명하고자 안간힘을 썼다

나는 다르니까

나는 늘 달랐으니까

이번에도, 이번에는 다를 거야 하는 확신이 있었다

아무리 짙은 구름도 새카만 새벽도

비가 내리면, 아침이 오면 맑게 걷힌다

나는 지금도 삶과 감정을 되찾는 것을 결정하는 것이

시간이라는 말에는 동의하지 않는다

중요한 것은 걷히는 때가 왔을 때

내가 얼마나 준비가 되어 있는가이다

애쓰지 않되, 만반의 준비를 갖추었으면 하는 바람이다

쓰다
지웠다 한다

내가 아닌 다른 사람의 인생은 더는 관심이 없다

이 글을 쓰는 것도

이 책을 엮는 것도

사실은 읽는 이를 위해서는 아니다

나는 그저 내 마음을 위해

내 감정을 위해

꼬였다 풀렸다 하는 내 생각의 정리를 위해

조금은 더 즐거운 인생을 위한 환기를 위해

쓰다 지웠다 한다

그리고 이 결과가 누군가에게 가닿아 위로가 된다면

그것은 기쁜 일이다

나와 비슷한 마음을 가진 사람들이

비슷한 생각을 가진 사람들이

비슷한 상황에 놓인 사람들이

이로부터 약간의 위안을 느꼈으면 좋겠다

나는 이제 다른 사람 일에 관심이 없다

좋은 소식도 좋지 않은 소식도

쉽사리 마음에 닿지 않는다

좋게 생각하면 내 삶에 집중할 수 있게 된 것이고,

다르게 생각하면 가끔은 외로워졌다

마음
둘 곳

마음 버릴 곳을 찾아 헤맸다

발로 간 것이 아니라

빈자리가 없을 만큼의 기억을 누볐다

넓은 바다도

길게 늘어진 강도

산도, 여행도 모두

어쩌면 소용없는 발걸음이었다

사실은,

어쩌면 그저 마음 둘 곳이 필요했는지도 모르겠다

버릴 곳이 아니라, 잠시 맡겨둘 곳이 필요했을까

당신은 마음 둘 곳 한 평 갖고 사는지 모르겠다

아직 없다면 찾아야 하지는 않을까

이런 사람 저런 사람
모두 결국에는 남이다

길을 걸을 때 우연히 지나치는 사람에게 마음 쓸 일 없으며,
다시 볼 일 없는 사람에게 마음 쓸 일도 없다

그래 우연이라는 단어도 틀렸는지 모른다

쉽게 표현하되
마음은 아껴라

가식이 느껴지지 않을 만큼의 적당한 마음의 표현
마음을 쓰지 않고서도 살아갈 수 있는 세상이 되었다

그렇게 아낀 마음,
소중한 사람에게 분명히 더 주어라

이별도
과감하게

사랑하겠습니까

이별하겠습니까

당신은 지금 어느 쪽에 있습니까

잘 모르겠거든 이별할 때입니다

사랑이 엄청난 속도로 만들어지는 것처럼

마음에 다른 것이 찼다면

이별도 과감했으면 하는 바람입니다

예쁜 것을
보렴

사랑에 빠진 사람이 행복해 보이는 것은

아름다운 것을 담고 있기 때문이야

슬픔에 빠진 사람은

아름다웠던 것을 떠올리기에

슬픈 모습이 담기는 것이고

예쁜 것을 보렴

눈에 담고 기억에 담으렴

그 잔상에 이끌려 너의 삶도 예뻐질 테니

고생했다고
말해주고 싶다

이별에 대한 것에 대해 결과부터 말하자면
시간은 그저 입에 오르는 단순한 미끼였고,

중요한 것은 지탱하는 목적을 확실히 하는 의지였다

내 마음이 다른 것을 담을 수 있을 때까지
얼마나 잘 버텨내는가
무엇으로 나는 버틸 것인가

내가 선택한 그리움은 마지막에 가서는
좋은 결과를 만들었다만,
오래되고도 슬픈 시간이었으니
이것은 결코 추천할 것은 못 된다

난 이 페이지에 그저 이런 말을 두고 가고 싶다

"반드시 사람이 아니어도 좋다
다만 무엇이라도 담으려 노력하라"

그리고 담기는 것이 사람이라면, 괜찮아진 것이다

결승선은 반드시 있다

여기까지 오느라 고생했다고 또 한 번 말해주고 싶다

사랑할
필요를 느꼈어

감정이나 생각은 하루에도 수십 수백 번 날아들어
쓸모 있는 것은 없어
아무것도 없는 이 모든 공허함을 해치울 것 하나는
사랑이었어
사랑할 필요를 느꼈어
사랑을 찾아 나서
그리고 사랑을 찾기 전에 사람을 먼저 찾기를 바라

사랑과
우정

"넌 사랑이 먼저야? 우정이 먼저야?"

이는 쓸데없는 물음이다

사랑이 친구보다 중요한 이유는

친구는 다시 돌아올 수 있는 고향 같은 곳이지만

사랑은 한번 잃게 되면,
다시는 밟을 수 없는 더는 세상에 없는 곳이기 때문이다

애초에 돌아갈 고향이 되어주지 못하는 친구는
친구가 아니다

씁쓸함

지위가 올라갈수록
가진 것이 많아질수록
책임이 늘어갈수록

가벼운 일에도 선택의 무게는 점점 늘어만 간다

그릇되지 않을 선택을 위해 이처럼 애를 쓰는 이유가

더 나은 선택을 분별하기 위함이 아니라
사람을 분별해 나가는 것이라는 것이 씁쓸하기만 하다

더는 아무도 믿지 말라고 하는데

아무것도 믿지 말라고 하는데

그렇게 하면 살 수가 있나요

외로움에 쓰러질 텐데요

나는 시인이
되고 싶었다

나는 시인이 되고 싶었다. 책을 얼마나 많이 읽느냐는 질문을 들을 때면 머쓱해진다. 내가 읽은 대부분의 책은 학창 시절에 밀도 있게 채워진 것들일 뿐 어른이 되어서는 구태여 책을 찾아 읽지는 않는다. 간혹 관심이 생기는 고전 문학 정도랄까. 사실 나는 시인이 되고 싶었다. 작가는 사람들에 의해 만들어진 것일 뿐, 나는 시인이 되고 싶었다. 원하는 삶을 비슷하게 살면서도 하고자 하는 것과 하고 있는 것이 다른 것은 생각보다 그렇게 우스운 일은 아니었다. 인간은 본능적으로 이상향에 가까운 곳에 자신을 내려놓는다. 시인과 작가는 완전히 다른 직업이면서도 가까운 곳에 놓여 있기에 늘 바라보면서 살 수 있지 않은가. 지금 당장 하고 싶은 일을 하고 있지 않더라도 비슷한 일을 하고 있다면, 언젠가 그 일을 하게 될지도 모른다.

살고자 하는
마음

나는 한 번 태어났으나

여러 번 죽었다

그리고 여러 번 살아났다

태어난 것은 나라는 사람이고

여러 번 죽은 것은 그저 마음이었다

마음은 때로는 쉽게 죽고, 어렵게 살아난다

마음을 살릴 수 있다면, 얼마든지 다시 시작할 수 있다

마음에 함께 살고자 하는 것을 담았으면 좋겠다

당신에 대한
믿음

요즘은 대부분의 소통이 메신저를 통해 오고 간다
텍스트 위주의 소통이다 보니
줄임말이 더 늘어나기도
말을 대신할 여러 종류의 표현이 생겨나기도 한다
이모티콘이 가장 대표적이다

그러나 나는 누군가 만들어낸 이모티콘이
내 마음과 생각을 정확히 전달할 수 없다는 고집이 있어
쉽게는 사용하지 않는다

내게서 이모티콘을 받아본 일이 있는 사람이라면
내가 당신을 매우 소중하게
그리고 편하게 여기고 있다는 뜻이다

내 표현이 완벽하게 전해지지 않아도,
내 마음을 알아줄 사람이라는 안심이다
내가 당신에게 완벽한 사람이 아니어도
괜찮겠다는 믿음이다

아프지
마

아프면 다 귀찮아

만사가 귀찮아

좋아하는 것도

해야 하는 것도

해야 할 것도

다 귀찮아

몸은 천근이고

마음은 만근이야

그러니까 너는 아프지 마

나는 그때 너무 아팠어

피하고 싶은
사람

무슨 짓을 할지 예측이 안 되는 사람은 상대하기 피곤하고
무슨 짓을 저지를지 느껴지는 사람은 함께 하기 두렵다

이 관계를 부정해야 하는 순간이 올 것이기에
가까이하기 겁이 난다

수많은, 그러나
농도가 짙은

글쓰기 클래스를 할 때면,

글에 대한 이야기보다

사는 것에 대한 이야기를 더 많이 한다

글을 쓰는 것보다 중요한 것은

인생을 잘 사는 것이라는 확신이 있다

이건 작가로서의 확신이 아닌,

한번 무너졌던 사람의 마음이다

하나의 사건에 의지해

하나의 감정에 목매어 글을 쓰는 것보다

모르고 살던 것 하나를 새롭게 알게 되는 것이 훨씬 좋다

여기서 중요한 것은 '하나'이다

하나가 전부가 되는 것이 아닌,

하나가 쌓여 가장 큰 하나의 일부가 되는 것

바쁘게 지내길 바란다

마음이 어려울수록 정신없기를 바란다

소란스럽기를 바란다

하나의 취미보다는 여럿의 취미를 경험하길 바란다

그중에 괜찮고도 마음에 드는 것에 시간을 쏟으면 된다

열심히 할 필요도 없다

취미는 즐거운 시간을 보내기 위한 것이지,

성과를 내기 위해 열심히 하는 것이 아니다

취미와 특기를 확실히 구분할 줄 알아야 한다

수많은 취미를 경험해 보되,

그중에 농도가 짙은 하나는 내 삶으로 끌어들이면 좋다

반대로 취미가 특기가 되었을 때,

그때는 그 취미를 놓아줘야 할 때이다

아무것도 하지 않고,

바꾸려 노력하지 않으면

그게 생각이든, 감정이든

정해진 운명대로 사는 것이다

운명을 탓할 자격이 없다

감정의
기한

끝맺음이 정해진 슬픔이라면 얼마든지 슬퍼해도 좋다
그 슬픔에는 분명한 가치가 있다
사는 데 꼭 필요했을 슬픔이었을지도 모른다

오늘부터 딱 일주일만 슬퍼하자
슬픔 속에서 발버둥 치지 말고 울자

사건으로부터 가지게 된 감정을 쏟아부어야
해소되는 일이 있고,
감정으로는 도저히 해소되지 않는 일이 있다

정해진 결과가 불투명한 미래 지향적인 감정,
예컨대 그리움 따위

행복이 머무르지 않았던 그리움은 없다

그리움에 슬픔만이 묻어 있다면,
그리움은 그리운 감정으로서의 역할을

제대로 하지 못하고 있는 것은 아닐까

이런 감정에 대해서는 함부로 슬퍼해서는 안 된다
감정에 지치는 것이 아니라,
감정이 달라붙은 시간에 무너질 것이다
절대로 삶이 망가질 것이다

죽을 만큼의 감정이 아니라면,
'이 감정은 얼마나 남았을까' 하고
감정의 기한을 정해보는 것도 좋은 방법이다

길의 끝에는 언제나 바다가 있음에
바라볼 수밖에

길에 뻗친 수많은 아스팔트 도로가 아니라,

내가 걷고 싶어 걷는 길

비록 진흙밭이라도, 그게 진짜 길이다

바다를 좋아한다. 정확히 말하면, 바다에 이르는 길을 좋아한다. 처음 딛는 바닷길조차, 멀리서부터 나는 그 장면을 느낄 수 있다. 바다 위의 하늘, 저 하늘 아래에는 분명히 바다가 있겠구나. 걷는다. 무엇도 기록하지 않는다. 가득 차 있던 생각들이 흩날린다. 마음은 그대로다. 길 위에 그저 나를 놓는다. 좌표 없이 펼쳐진 길을 미끄러진다. 공기가 바뀌기도 전에 바람이 불어온다. 바다가 가까이 있다. 올려다본다. 하늘 색이 더 진해졌다. 다시 걷는다. 파도 소리가 들린다. 다리를 조금 더 빨리 놓는다. 마음에 파도가 친다. 그 위로 온갖 기억이 뒤섞인다. 마침내 두 눈에 바다가 담긴다. 걷는 것을 멈춘다. 앉는다. 바다 위에 앉는다. 그러고는 몇 시간을 수평선을 바라본다. 지금부터는 바라보는 것밖에 할 일이 없다. 꺼내 놓은 마음이 고요해진다.

불안함이 꼭
불편한 것만은 아니다

잊혀가는 감정과 더해지는 생각이 교차할 때쯤 되면
한동안 명확했던 마음이 흐릿해진다
뒤죽박죽 엮인 기억이며, 추억들이 실재했는지도 모르겠다

이때는 감정보다는 생각에 기대게 되는데
대부분이 불안한 것들이다
이 정도면 괜찮아진 것 같다는 안심과
이렇게 그간의 감정을 잃어버려도 될까 하는 의심이 겹쳐진다
불안하다

그렇다고 이 감정이 불편한 것은 아니다
약간의 어색함과 기꺼운 찝찝함일 것이다

감정이 흐려질 때 나는 불편함에 머리를 파묻는다
고개를 들었을 때 깨끗한 하늘을 다시 볼 수 있기를 고대하며
머리에 담겨있는 것들을 감정 가까이에 떨어뜨려 놓는다

한 번쯤 처음 느꼈던 마음에 가까워진다

애매하게
산다

비가 오기 전에 흐렸던 생각은
비가 내린 후에는 반드시 개어야 했는데
좀처럼 새카맣다

비가 그친 후에야 떨어지는 어느 모서리의 빗물 조각처럼
감정은 순간을 벗어나고 나서야 뚫고 뚝뚝 맺혀 떨어진다

눈물이 흐르거나
애써 큰 웃음을 얼굴에 담거나

우산을 쓰기도 우산을 벗기도 애매한 날들
힘들다고 말하기도 괜찮다고 말하기도 애매한 날들

힘들다고 그냥 말해 버릴까
아무 일도 아니라고 웃어 버릴까

이러지도 저러지도 못한 채 참 애매하게 산다

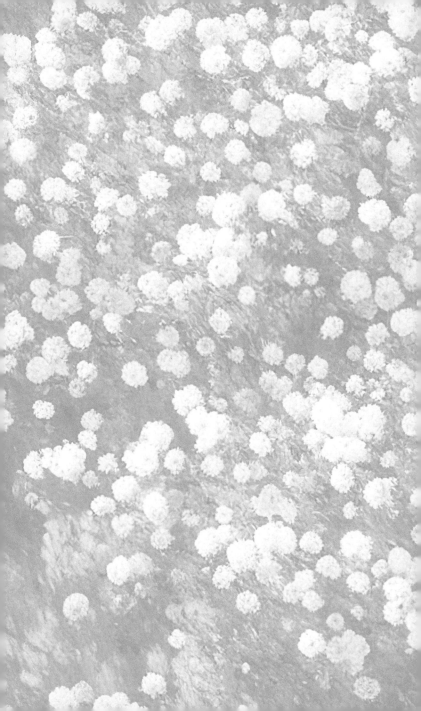

Part 4

행복이 전부는

아니지만 가장

중요한 것이기에

듣고 싶은 말을
해 주는 사람

당연한 말을 대단한 듯 말하는 사람

하지 않아도 되는 말을 기어이 테이블에 올려놓는 사람

아무 말도 하지 않는 사람

이런 사람, 저런 사람 모두 삶에 가득해 충분한 사람들이었다

뜨거운 것은 쉽게 넘치며,

넘친 것은 다시 담을 수 없을뿐더러 마땅한 흔적을 남긴다

넘친 것으로부터 한때는 하루하루가 꽤나 지저분했다

왜 그렇게 쉽게 그 사람과 가까워졌을까

듣기 좋은 말이 가득했기 때문일까

사실은 제대로 아는 것도 없는 관계였는데

이제껏 꼭 필요한 사람은 없었다

돌이켜 보면,

내게 필요한 사람은 사소하고 당연하더라도

내가 듣고 싶은 말을 해 주는 사람이었는지도 모르겠다

———

그로부터의 말이 머리에 스치듯

위태롭게 얹혀 있는 것이 아니라,

사정없이 마음에 내려앉아, 앉은 흔적을 남기는 사람

나는 그런 사람을 한 번도 필요로 하지 않았으나

만나고 보니, 당신 같은 사람이 필요했다는 것을

알게 되었다

당신은 내가 필요로 할 때,

듣기 좋은 말이 아닌,

듣고 싶은 말을 해 준 유일한 사람이었다

가끔은 소중한 것들조차
잊고 싶은 날이 있다

죄를 짓는 일이 아니라면,

너무 크게 미안해할 필요까지는 없다

때로는 나만 생각할 필요도 있다

괜찮다

괜찮다

오롯이 나를 들여다보기 위해

비추어 보는 것이 아닌,

나 스스로 내 마음을 관통하기 위해

최선의 선택을 위해

외면도, 회피도, 이기적인 마음도

모두 자유로운 감정이었으면 하는 마음

내가 온전히 나이기 위한

그저 바라는 마음 곧이곧대로 펼치기 위한

그런 순간에 필요 이상의

죄책감을 느끼지 않는 사람이 되기 위하여

가끔은 나만이 내가 되고 싶다

어쩌면
행복할 수도 있겠다

역사는 현재의 방향을 제시한다
그런 연유로 행복은 참으로 대단한 것이었다

한때는 행복의 실재를 아는 것만으로도 괴로웠다
행복은 간단하지만 어려웠고, 어렵지만 간단했다

시간은 흐르고 흘러 햇수조차 어지러워 오던 그때,
어색하고도 익숙한 감정이 찾아왔다

행복에 대한 기대감은 여전히 없었으나, 그저 즐거웠다
재밌었고 웃게 되었다
그만두었던 것들을 다시 시작하게 되었고,
잊기 위해 잃었던 것들을 찾아갔다

내가 담고 있었던 것은 분명, 끈적이나 딱딱한 것이었다
점점 부드러워진다
녹아든다

그 밤에 나는 처음으로 그런 생각을 삶에 담았다

'다시 행복할 수도 있겠다'

슬픈 예감은 틀린 적이 없듯이

때로는 행복한 예감도 높은 확률로 행복이 되고는 한다

남아있는 것들이 어쩐지 느낌이 좋다

엮이는 것이
싫어졌다

느끼는 것보다 생각하는 것이 더 많을 때,
삶은 버거워진다

형태가 없는 것에 무게를 빗댈 수는 없다만,
가슴에 비해 머리가 더 높은 곳에서 작용하는 관계로
생각이 더 무겁게만 느껴진다

생각이 마음을 짓누른다
그 과정에서 날카로운 생각이 마음을 터트린다

엉터리 같은 논리지만,
구태여 답을 끌어내 보자면 그 결론은 늘 그랬던 거 같다
마음에 가득 찬 것은 물리적인 문제를 야기하지는 않았다
삶의 변화가 아닌 신변의 변화를 일으키는 것은
늘 사고 쪽이었다

복잡하게 꼬인 문제를 풀어내는 것이
즐거웠던 시절은 갔다

나는 그게 무엇이든 그저 심플한 게 좋아졌다
눈으로 본 그대로 입력할 수 있는 것이 좋아졌다
1차원적인 것이 좋고, 직선적인 것이 좋다

무엇 하나 엮이는 것이 더는 거북해졌다

잠그는 것이 익숙해졌다
편해졌다

마음을 잠그니
눈도 감기고 귀도 닫힌다

날아드는 생각은
다른 것처럼 잠그기가 어려워
뱉어낼 곳을 따로 찾았다

그 동네 하늘을 전부 창고로 쓰게 되었다

마음 하나
채울 수 있다면

생각대로 됐으면 성공했을 것이고
마음대로 됐으면 행복했을 것이다

생각대로 삶이 흘러가지는 않았으나
이런 마음이 이렇듯 흘러 들어왔으니

성공은 하지 못했으나
마음 하나 채울 수 있게 되어 행복하다

성공은 크고 작을 수 있으나
행복은 있고 없음의 문제이니

마음에 가득한 행복으로부터 나는
어쩌면 가질 것을 다 가졌는지도 모르겠다

세상의 중심에
나를 둘 것

사람은 자신의 삶과 자신의 역사를 기준으로 모든 것을 판단한다. 따라서 주는 이가 좋은 마음으로, 애틋한 마음으로 잘해 줘 봐야 아무 소용없다. 양보와 배려는 순간의 따사로움일 뿐, 끝에 이르러서는 종이 쪼가리, 글자 한 자만도 못 하다. 무엇도 적어 넣을 수 있을 것 같았던 하얀 여백의 종이에 새카만 글자를 채워 간다. 어지럽다. 적어도 내 삶의 주체는 내가 되었어야 했는데, 마음 쓰이는 것들 앞에서 나 먼저 챙기는 것이 왜 그렇게 힘들었는지, 세상의 중심에 나를 두는 것이 어찌 그리 마음 아팠는지, 눈에 보이는 생각들이 왜 그렇게 안쓰러웠는지. 오고 가는 마음이 다름에 더 큰 마음을 잃고 나서야 나는 아팠구나 했다.

보고 싶다는
마음 하나

마음이 생각을 만든다

그리고 생각은 그 마음을 따라간다

보고 싶다는 생각으로, 보고 싶다는 마음으로

우리는 오고 갔던 거 같다

아직 오지도 않은 내일이

이제는 어찌할 수 없는 어제가

모두 지금을 위한 것만 같았다

보고 싶다는 마음 하나만으로도 가까워진다

지금 내 가까이 있는 모든 것들에 대하여

이 마음을 그대로 전하고 싶다

나는 괜찮아졌다고 말해 주고 싶다

생각 외로 크게
정리해야 할 때

아픈 상처가 있는 반면, 찝찝한 상처도 있다

고통스럽다거나 힘들지는 않지만,
별것도 아닌 것이 볼 때마다 기분이 비틀어진다

본디 물리적 충격은 순간을 고통스럽게 하지만,
셔츠에 묻은 김치 국물 자국 하나는 하루를 망친다

당장 갈아입지도 못하는 것이
온종일 신경 쓰이게 한다

이런 상처나 흔적은 일부만 들어낼 것이 아니라,
생각 외로 큰 부분을 들어내야 한다

나는 그동안 이런 감정을 그대로 두고서는
밤이 다 되어서야 셔츠를 갈아입은 것이었다

더할 나위 없는
인생

그동안 느꼈던 숱한 감정들 모두
하나같이 나라는 사람이었다

그 감정을 다스리는 법을 조금 알았을 뿐
감정으로부터 약간은 자유로워지는 방법을 찾았을 뿐
나는 여전히 똑같이 느끼고, 똑같이 생각한다

떨어지는 모든 빗물을 피할 수 없음에
몇 번의 비를 피할 방법을 찾게 된 것이다

삶은 그저 비를 피할 공간이나 우산을 늘려 가는 것이다
그 사이에 함께 비를 맞아 줄 사람이 있다면,
더할 나위 없는 인생이겠다

제대로
가고 있을까

사람은 시간의 흐름을 대부분 눈으로 확인한다
가깝게는 시계를 보고,
멀게는 계절에 따라 바뀌어 가는 환경을 본다

정해진 한 바퀴를 돌고 나면,
한 시는 한 시가 되고, 봄은 봄이 된다
시계도 계절도 결국 제자리로 돌아온다

기억 몇 개, 감정 몇 개가 더해졌을 뿐,
세상이 크게 변하지도 않았다
사실은 변한 것을 확인할 길이 없었다

더해지는 것도 없어져 가는 것도
내 걸음의 방향을 알려 주지는 않았으며

내가 제대로 가고 있다는 것을 증명해 준 것은
대단한 성과나 다사다난한 과정이 아니라
사람의 말 한마디였으며,

나는 그날 그 말을 듣고 나서야 알았다

"충분히 잘하고 있어"

그래서 나는 네 이야기를 듣는 것이 좋다

부딪힘 없이
흔적을 남기는 것은 없다

스쳐 지나갈 것은 무엇도 남기지 않는다

사소한 기억 한 조각 남겼다 하더라도

금방 모래가 될 장면이다

흔적을 남기는 것은 언제나 맞부딪혔던 무언가다

생각이 닿았던, 감정이 닿았던, 가고자 하는 길이 닿았던,

마주친 공간 하나, 장면 하나, 선 하나, 점 하나까지

모두 흔적이다

그렇다면 지우고 싶은 흔적은 지울 수 있을까

그 답을 찾기 위해 몇 년을 노력했으나,

지금은 그저 놓아두고 산다

그 흔적에 걸맞은 바람이 불기를

기다리지 않는 것으로 기다리며,

선택의 기회를 놓아 버렸다

어쩌면 미래는 바뀌지 않는 것 같다

아무리 애를 써도 과거가 바뀌지 않듯이

변하지 않는 것 같다

삶은 서로의 조각을
맞춰 가는 것이다

같은 말을 반복해서 하는 것을 싫어한다
같은 말을 반복해서 듣는 것도 싫어한다

요즘 들어 어머니에게 짜증을 내는 일이 잦아졌다
"엄마, 저번에도 말했잖아. 왜 같은 말을 몇 번이나 반복
하게 해?"

어머니는 나긋하게 말씀하셨다
"아들아, 엄마 나이가 환갑이 넘으니 들었던 것도 계속
잊게 된다. 나이가 들면 그런 것이니, 네가 한 번 더 이야기
해 주면 안 되겠니?"

그간의 짜증이 후회가 되어 몇 배는 크게 느껴진다
더는 두 번, 세 번 말하는 것이 짜증스럽지 않아졌다

삶은 소중한 사람들과 나를 맞추어 가는 것이다
그리고 그 맞춤의 시작은 대화이다

우리는 이야기를 나누며 살아야 한다

새로운
인생을 찾는다

누군가는 그랬다

"작가님은 그 감정을 가지고
그렇게 오랜 시간을 어떻게 버티셨어요?"

답을 주진 않았지만, 나는 버틴 적이 없다

기억과 감정에 나를 던져 놓았을 뿐
그냥 그 기억에 이 감정에 흘러 다녔다

다만 믿음은 있었다

내가 나를 놓지 않을 것이라는 믿음이 있었기 때문에
감정이 깊어져도 결코 위태로운 일은 없었다

삶은 고통으로부터 버티는 것이 아니라,
그 고통으로부터 벗어나 새로운 인생을 찾는 것이다

관계

나만 잘하면 될 줄 알았다
나만 좋은 마음을 주면 되는 줄 알았다

처음에는 괜찮아 보였으나,
폭풍 같은 반작용이 몰려온다

사람이 착하다는 말은 모두 흘러간 말이었다
칭찬은 계속해서 뻗어가야 하는 것이지
언젠가는 잘라줘야 하는 것은 아닐 텐데
지나고 나면 쓸모없는 것이 되어 있었다

관계를 끊는다고 생각하지만,
사실은 관계가 끊어지고 있는 것이다

이것은 다른 사람만의 문제가 아니라
결국 내가 가진 문제이기도 했다

충분한 삶을
위해

한동안은 참 외롭게 지냈다

외롭다는 생각은 들지 않았다

그런 감정을 느꼈을 때는 이미 한참은 괜찮아진 후였다

수많은 사람이 다녀갔지만,

보고 싶어 불러들인 사람은 없었다

감정이라는 게 없는 관계도

그래도 삶을 잇는 데 필요했던 거 같다

필요한 것만 갖고서는 충분한 삶을 살 수 없었다

복잡한 건
오히려 생각

마음이 괜찮아졌을 때쯤 가장 크게 변한 것이 있다

바로 스스로에게 질문을 하는 것이다

"사람이 왜 싫어졌지?"
"마지막으로 울었던 게 언제지?"
"마지막으로 웃었던 건 언제지?"

상황을 정리하기 시작한 것이었다

지금의 내 상태, 그리고 남아 있는 것들

이때 이미 나는 마음이 꽤나 괜찮아진 상태였던 거 같다

복잡했던 건 오히려 생각을 정리하는 것이었다

있던 것이 끝내 잊히는 까닭도

없던 것이 다시 새겨지는 이유도

모두 살기 위함이 아닐까요

새하얀 매트리스

새카만 천장

문득 그런 생각이 듭니다

아, 보고 싶다

지워져야
새겨진다

이 책의 초고를 다 써갈 때쯤 맥북에 커피를 쏟았다. 쏟았다기보다는 엎지른 커피가 몇 방울 튀었다고 보는 게 맞다. 별거 아니겠지 했다. 메인보드에 문제가 생겼다. 결국에 나는 써놓은 초고의 절반을 날려 먹었다. 작업이 끝을 맺은 결과물을 제외하고는 5년간 입력한 대부분의 기록을 잃었다. 지금 이 원고 글도 기억에 의존하여 다시 잇고 있다. 그러나 막막하면서도 어쩐지 설렌다. 2004년에 이사를 하면서 어릴 때 쓴 일기장을 모두 잃어버렸다. 2014년에는 핸드폰을 잃어버려서 그때까지의 사진을 모두 잃었다. 그리고 2024년 내가 쓴 글의 대부분과 자료를 잃었다. 이유는 모르겠으나, 10년에 한 번 내 삶은 잃음을 원인으로 크게 정제가 된다. 나는 이것을 운명으로 여기기로 했다. 네 번째 삶이 몇 달 전 시작되었고, 때마침 지나온 것들이 환기되어 포근하게 말랐다. 결과적으로 잘 쏟았다 싶었다. 어떤 일은 좋지 않은 과정을 통해 괜찮은 결과를 만들기도 한다.

부탁할 수도
있는 일이다

유별난 자존심 때문에

부탁이나 신세는 목숨을 빚지는 일과 다름없었다

누구에게나처럼 시련이 왔고

가벼우나 꺼내기 힘든 부탁도 많이 했다

그 부탁을 들어준 사람 손에 꼽히나

괜찮아지고 나서야 알게 된 것이 있다

부탁할 수도 있고, 부탁을 들어줄 수도 있다는 것을

줄 수 있는 것이 많아 행복하고,

부탁을 들어줄 사람이 있어 든든하다

뭐든 해결할 수 있을 것만 같은 마음이다

그래서 나는 지금의 도전이 즐겁다

눈부신 햇살, 시원한 소나기 소리

낱낱이 쌓여가는 뭉게구름

해낼 수 있을 것만 같다

마음은
스스로 보호한다

고맙다는 말을 하지 않는 사람에게는
더는 마음을 쓰지 않는다

가장 간단하고도 기회가 많은 감정 표현

"고마워"

그조차 표현하지 못하는 사람과는
마음을 나누면 감정이 고단해진다

그리고 그 고단함이 쌓여
안정된 삶의 균형에 균열을 만든다

안정됨은 바로 감정이며, 마음이다

잘못된 관계는 결국 마음에 이르며,
마음은 스스로 보호해야 한다

실패를
줄이자

필요한 만큼의 노력과 충분한 정도의 성과

노력이 최선의 결과를 주는 것은 아니다
그러나 최선의 결과에
결정적인 역할을 하는 것은 사실이다

20대의 공격성이 30대에 이르러서는
방어적으로 바뀌게 되었는데,
가장 크게 변화한 마음가짐은 실패를 줄이자는 것이었다

그 어떤 선택에도 전부를 걸지는 않는다
최선의 결과보다는 만족할 만큼의 결과와
애쓰지 않을 만큼의 노력을 더한다

높이를 낮추고 힘을 덜어 낸다
사는 것이 가벼워졌고,
느낄 수 있는 시간이 늘었다

이것으로 비로소 행복할 준비가 된 것이었다

습관

훌륭한 결과를 위한 습관이 아닌
각각의 과정에서 오는 소소한 만족을 위한 습관

종점에 이르러서야 완벽히 정형화되는 그런 사실이 아닌
정류장 한 곳 한 곳에 이를 때마다 느낄 수 있는
그런 감정의 형태

한 번에 무너지는 것이 아닌
서서히 무너지되, 무너지는 것을 스스로 알 수 있는
그런 과정들

"차라리 한 번에 무너지면 좋았을 것을
제기랄 순서도 없이 서서히 무너진다"

그때는 몰랐던, 과정의 소중함들

세상에 나만 혼자 남았다고 생각했으나
사실은 나를 살리기 위해

내 우주가 엄청나게 반짝이고 있었다는 것을
알게 되었기에

과정마다 느낄 수 있는 습관이 소중해졌다

눈을 감으면
어디든 갈 수 있다

기억력이 좋고, 이미지를 쉽게 그릴 수 있다

내가 좋아하는 내가 가진 조금은 특별한 능력이다

나는 방 안에서도 어디든 갈 수 있으며

많은 것을 느낄 수 있다

가끔은 혼란을 야기하기도 하지만,

문제가 될 이유는 없다

대부분의 시간은 좋았던 것을 다시 느끼는 데 쓴다

사람마다 자신을 치유하는 방법이 다르겠지만

나는 이 방법이 마음에 든다

내가 가진 능력과 성격의 조화로움

무엇 하나 필요 없이 눈만 감으면 이룰 수 있는 치유

넉넉한 보험을 둔 기분이다

끝을
모르는 일

언젠가부터는 끝이 정해지지 않은 일이 거북해졌다

단지 그 여정이 힘들 것이기 때문이 아니라
여정마다 느끼게 될 감정의 피로 때문이다

누군가는 끝을 모르는 일에서 도전과 성취를 느낀다지만
나는 그 같은 성격을 가진 부류는 아니다

당연스레 한 번도 거대한 산을 세우지는 못했으나
도전을 뿌리치고 성취 대신 만족을 붙잡은 대가로
잔잔한 파도 몇 겹은
온전히 내 힘으로 세울 수 있게 되었다

이것으로 만족스럽다

아무리 대단한 일이라 할지라도
기약 없이 펼쳐진 계획은 더는 부담스럽다

적당한 만족

합리적이지는 못할지라도 오롯이 내 선택에 의한 멈춤

나는 내가 내리고 싶은 정류장이 생기면

언제든 내리고 싶어졌다

선택에 어찌 후회가 끼는가

그것은 아주 먼 훗날의 생각일 텐데

나는 아직 거기까지 갈 힘이 없다

잠시
초라해졌을 뿐이야

나는 내가 좋았다

나라는 인간이 좋았고,

내가 갖고 태어난 것들이 좋았다

그리고 몇 해는 그것들을 모두 잃고, 초라했다

세상이 나를 바라보는 시선은 외면할 수 있었으나

내가 나를 바라보는 시선은 감당하기 어려웠다

전에 없던 자괴감을 떨칠 수 없었다

며칠을 옭아맨 감정으로부터

마음이 관통이라도 되는 날이면

잠깐 술을 마시고는 밤새 미친 듯이 기억을 떠다녔다

그 기억은 슬픔이 아니라, 분명한 괴로움이었으니

결단코 슬픔이 커진 것은 아니었다

그리고 몇 해가 다시 넘어갔다

그때 그 밤의 기억들은 여전히 무겁지만

내려놓을 방법을 찾았다

나는 그 순간에 그저 잠시 초라해졌을 뿐이었다

상관없는
사람

나와 상관없는 사람이니까 쉽게 말할 수 있는 것이다
연예인이나 공인, 또는
한 다리 건너 아는 사람에 대한 가십이 그렇다

나와 상관있다고 생각하는
삶이 이어져 있다고 생각하는 사람이라면
그 사람에 대해 절대 쉽게 말할 리 없다

뒤에서 다른 사람의 이야기를 쉽게 하는 사람과는
아무리 가벼운 자리일지라도 함께 하지 않는다

내게 조금이라도 문제가 생기면
그 문제를 여기저기 떠벌릴 사람이기 때문이다

이것은 잃을 것을 잃고서라도
나를 지키자는 다짐 같은 것이다

나는 어떤 사람의 전화를

지난 5년 동안 한 번도 받지 않았다

그가 그 이유를 알기를 바라던 마음도 모두 가셨다

상관없는 사람이 된 것이다

침묵과 회피는 다르다

침묵은 감추는 것에 가까우며
회피는 돌아서는 것에 가깝다

침묵은 생각의 정리이며
회피는 마음의 도피이다

삼십 대의
나이 듦

누군가에게는 아저씨이고 삼촌일 것이
누군가에게는 새파란 젊은이일 것이다

세대마다 짓눌려 있는 시대적 책임이 다를 것이나
그 무게는 비슷할지도 모른다

우리는 늘 최대의 무게로 눌려 살고 있지는 않을까

나는 삼십 대를 고된 낭만의 시절이라고 생각하고,
그렇게 느끼며 산다

가진 것은 조금 생겼으나
느끼는 것의 무게는 무겁고
생각의 깊이는 조금 더 깊어졌다

그리고 무엇보다도 책임감이 커졌다
지켜야 할 것이 점점 늘어만 간다
가끔은 부담스럽기도 하다

그런 생각도 해본다

당신들은 어찌 이 무겁고도 매서운 것들을
둘러매고 그곳에까지 간 것일까

깨닫게 된다

마음을 크게
하고 싶을 때

하늘을 보고 누워있으면 마음이 커진다

생각이 미치기 전에 마음부터 커진다

밤이든 낮이든 상관없다

생각보다 마음이 클 때는

아무리 많은 생각을 해도 넘치지 않는다

마음을 크게 하고 싶을 날에는

마음보다 더 큰 것을 보고 산다

아끼어 애틋이
여기는 마음

내가 슬픔에 빠지면 함께 슬퍼지는 사람들이 있다

나를 사랑하는 사람들이 있다

여전히 있다

한 번도 나를 떠난 적이 없는 사람들

누군가의 슬픔이 내게 슬픔을 준다면

나는 그 사람을 사랑하고 있는 것이다

아끼어 애틋이 여기는 마음

그 사람의 감정이 내 감정에 영향을 주는 소중한 마음

그 마음이 곧 사랑이다

여릿한
마음

이만큼 살다 보니 미친 사람과 마주치지 않고 사는 것이
작은 소망이 되었다

악한 사람과 마주하지 않는 것이 작은 소망이 되었다

관계가 이어졌다면,
내 의지와는 상관없이 언젠가는 큰일이 벌어졌을 것이다

이것은 틀림없이 일어날 일이다

중요한 것은 그런 이들과 알고 지내지 않는 것이다

그러나 우리 마음은 생각보다 여릿하지 않은가

한번 먹은 마음은 잘라내기가 여간 어려운 게 아니다

다음 시간에
뵈어요

클래스 시작과 끝에는 늘 같은 인사를 건넨다

"잘 지내셨죠?"

"다음 시간에 뵈어요"

헤어짐 다음에 기약을 두는 것은 내 오랜 습관이다

언젠가 떠나버렸던 사람이 있기에
다시는 그런 사람을 만들지 않기 위한 애씀이다

다시 보자는 말을 건넨 사람과는
언젠가 한 번쯤 꼭 다시 만났으면 좋겠다

이별을 가르치는 이는 많으나

사랑을 가르치는 이는 없으니

사랑은 어렵고 이별은 쉽다

힘든 이별이라는 것은 결국 사랑이 아니겠는가

**은예
에게**

나는 지금 조명이 떨어진

고즈넉의 바깥 테이블에서 글을 쓰고 있고,

너는 조명이 빳빳이 켜진 주방에서 케이크를 굽고 있다

너는 모르겠지만, 나는 너를 한참이나 바라본다

글을 쓰는 것보다

나는 이런 일상이 좋아졌다

전처럼 글이 쉽게 쓰이지 않는 것은

이처럼 행복한 일이 되었다

가끔은 사랑한다는 말을 이렇게나 조용히 남기고 싶다

비움은 결국
가득 채움

그냥저냥 한동안은 아무것도 담고 싶지 않았다

마음을 비워두고 싶었고

생각도 비워두고 싶었으며

내가 사는 인생이라는 기억 안에

무엇 하나 새로이 기록되게 하고 싶지 않았다

그랬더니 몇 해는 시간만 둥둥 떠다녔다

그 길었던 시간을 쓸데없는 시간이라고

생각하고 싶지는 않다

그러나 참 쓸데없이 긴 시간이었다

고작해야 1년 정도의 사계절에 그쳤으면 좋았을 것을

감정이라고 생각했던 것은 아무래도 고집이었던 거 같다

무언가를 담을 수 있는 공간이 생겼다는 것이

이 얼마나 기쁜 일인가

비움은 결국 가득 채움이기도 했다

지금 이 순간은
다시 돌아오지 않는다

내가 어른이 되어가는 동안에

선생은 없었고, 스승님은 한 분 계셨다

중학생 때 어머니의 마음에 붙들려 시작된 만남은

일주일에 한 번, 두 시간 내외로 한문 공부와 더불어

오래된 이야기를 듣는 것으로 지속되었다

어머니는 그때부터 내게 큰 기대를 가지셨으리라

내가 스물다섯 되던 해

스승님은 내게 액자 하나를 귀하게 남기시고 영면하셨다

"지금 이 순간은 다시 돌아오지 않는다"

그리고 그 순간들은 정말 다시 오지 않았다

스승님은 지금 어느 순간쯤 가셨을까

서로가 알면
된 것이다

어렵게 하나 남겨둔 친구 감자는
고즈넉 오픈 소식에 제일 먼저 다녀갔다

아침 8시에 전주에서 출발했다는 그는
정오가 다 되어서야 고즈넉에 발을 들였다

뒤에 남겨진 일정 탓에 밥 한 끼 하지 못하고 가야 했는데
감자는 봉투 하나를 건네고 돌아갔다

봉투에는 5만 원권 10장과
그다운 글씨로 짧은 메시지가 적혀 있었다

"축하한다, 친구 민국"

나는 그가 다시 서울로 돌아와
자리를 잡았으면 하는 소망을 잇는다

알고 지낸 지 30년의 세월이다

1년에 한 번 연락을 주고받을까 하지만

우리는 서로에게 중요한 것이

횟수가 아니라는 것을 안다

내가 여기 있고

그가 거기 있다

서로가 있다는 것을 알면 되었다

그날에 나는 마음이 세 뼘은 커졌을 것이다

소망이
늘었다

무아는 올해 열여섯이 되었다

지난달 예정에 없던 다리 수술을 하여
지금은 아이처럼 지낸다

커다란 몸집에 처음에는 살짝 어색하기도 했던 것이
한 번 크게 짖지도 않고 쳐다봐 준다

웃음이 나온다
이 또한 새로 얻은 크나큰 행복이다

무아가 아프지 않고 살았으면 좋겠다
오래 살았으면 좋겠다

간절한 소망 하나가 늘었고
마음은 전보다 더 좋아졌다

최선의
마음

동생은 말이 없어졌다

아버지는 말씀이 늘었다

어머니는 체념이 익숙해지셨다

나는 세상이 변해가는 것에 대하여 마음이 편하지 못하다

옛 생각을 띄워 놓고

가끔은 생각을 거꾸로 돌려 보고는 한다

나는 이제 그 행위에마저 눈물이 껴있다

이별은 천천히 오는 것이 아니라

순식간에 온다는 것을 알고 있다

당장 볼 수 있음에도 그리움을 느끼는 것은

우리가 이 마음을 최선을 다해

쓰지 못하고 있기 때문은 아닐까

이별하지 말라고 했지

사랑하지 말라고 하지는 않았다

이별을 사랑 앞에 두지 말아라

이별로부터 온 사랑은

언젠가는 이별에 파묻히고야 만다

받아들이면
그만

나는 내가 옳다고 생각하고 사는 사람입니다
틀렸을지도 모릅니다

그러나 나는 이 같은 믿음이 좋습니다

내가 틀렸다는 사실을 알게 되었을 때
있는 그대로 받아들일 수 있는 마음 또한
이런 믿음에서 온다는 것을 알고 있습니다

어렸을 때 가득하던 자신감이
어른이 되어 자존감이 되었는지도 모릅니다

틀리면 뭐 어떻습니까
받아들이면 그만인 것을

모르고 살았던
행복

작년부터는 캠핑을 다시 자주 다닌다
하나씩 사 모은 장비도 웬만한 군이 되었다
흔히 말하는 불멍이 좋아 시작한 캠핑은
고단하면서도 즐겁다

불 하나 피워놓고, 열 가지 음식을 올린다
계속 먹기만 한다

행복이 무엇이냐고 묻는다면 가장 쉽게 나오는 답은
"맛있는 것을 먹을 때지 "

가장 행복할 때는 언제냐고 묻는다면
"그 사람과 함께 맛있는 음식을 먹을 때"
라고 답할 것이다

혼자 가는 캠핑이 고독이라면
둘이 가는 캠핑은 고독을 벗기는 일이다

벗겨진 고독 안에는 분명히
그동안 모르고 살았던 행복이 쌓여 있을 것이다

행복은
글로 잘 쓰이지 않는다

4년 동안 400여 명의 사람과 글을 썼다

모두 비슷하기도 모두 다르기도 했다

간혹 유서를 쓰기 위해

글쓰기를 배우고 싶다는 사람이 있다

어떤 심정인지 전혀 모르는 것은 아니나

완벽하게 공감할 수 있는 일은 아니기에

이것은 누군가에게는 상처를 주는 일이다

나에게 미안해해야 할 일이었다

행복은 글로 잘 쓰이지 않는다

글은 곧 시간이다

행복할 때는 이것저것 만들 추억이 많아 시간이 없다

반면에 그 반대의 감정을 느낄 때는 시간이 많다

시간이 많기 때문이 아니라,

시간의 틈을 파고들기 때문이다

행복을 글로 남기라고 권유하지는 않는다

그만큼의 시간이 아쉬울 것이다

다만, 불행한 감정을 글로 남기는 일은

조금은 신중했으면 하는 바람이다

글은 기억보다도 강렬한 기록이니

쉽게 사라지지 않는다는 것을 명심했으면 좋겠다

적은 만들지 않아도
생겨난다

불편함 없는 관계를 형성하는 방법은

주변을 얼마나 깔끔히 정리하는가이다

몇 번의 상처를 경험한 후로는

좋은 사람을 만나는 것이 선택의 기준이 아니라

나쁜 사람을 만나지 않는 것이 선택의 기준이 되었다

편안한 마음으로 살기 참 어려운 세상이다

될 듯 될 듯 안 된다

이것은 누구의 뜻일까

질문조차 고단하다

낮잠

낮잠 자는 것이 좋아졌다

어려서부터 나는 신기할 정도로 잠이 없었다
내 기억이 정확하다면,
학교에서 졸거나 자본 일은 한 번도 없다
덕분에 나는 지각을 해본 일이 없다
낮잠을 자는 사람을 보면 한심하다고 생각하기까지 했다

모든 것이 바뀌었다

잠이 많아졌다
잠을 자지 못하면 피로감을 느낀다
나이가 든 것일까
사고가 변한 것일까

하고 있는 일의 특성상
나는 시간 활용이 매우 유연한 편이라

남들 일하는 시간에 낮 수영을 하기도 한다
지금은 수영 대신에 1시간 정도 낮잠을 즐긴다

피로가 회복되는 것은 모르겠으나
두 번 잠들고, 두 번 깨어나는 이 과정이 좋다

처음 새벽을 알게 되었을 때의 느낌이라고 할까
하루를 두 번 사는 기분이다

시간은
중요하지 않다

아무리 열심히 살아도

피곤함이 반드시 마음이 되지는 않는다

만족할 만한 결과는 마음보다 성과를 우선시하기에

에너지를 크게 쏟은 일일수록

얻은 마음보다 잃은 마음이 크지는 않았을까

결과가 좋다면 마음은 완전히 보상받는 것일까

그건 아니었다

서른이 넘어서는 그런 마음을 갖기 시작했다

열심히 살자

그러나 나를 생각하며 살자

많이 생각하되 마음은 지키며 살자

그 후로는 빡빡한 삶에 틈을 만들고자 노력했다

시간은 중요하지 않다

만들고자 하는 마음만 있다면,

언젠가는 그 시간이 하루가 되어 있겠지

그 언젠가 꾸었던 꿈처럼 말이다

부피는
곧 시간

부피는 겉에 드러나나 밀도는 보이지 않는다

"사람은 저마다 시간의 밀도가 다르다"

사람들은 이런 얘기가 나오면
밀도에만 치중하는 경향이 있다

밀도라는 단어의 쓰임이
긍정적인 것이 대부분이기 때문일까

잠깐의 대화를 나눠보면
이 대화의 시간이 갖는 가치를 느낄 수 있다

밀도에 비례하여 다음 만남으로 이어지긴 하나
부피 없는 밀도는 없는 법

우리는 일단 무언가를 만들어야 하고,
그것은 결국 시간이지 않을까

———

보이지 않는 것을 얻기 위해서는

눈에 보이는 것을 앞서 가져야 하지는 않을까

시간을 쓰지 않고 얻을 수 있는 마음은 있을까

경험
으로부터

니체가 남긴 텍스트들을 좋아하는 편인데
최근 1년 사이에 꽤나 와닿았던 말이 있다

　"나는 추한 것과 전쟁을 벌이지 않으련다.
　나는 비난하지 않으련다." - 니체

마주치지 않아도 소리가 나는 것은
한쪽에서 스스로 소리를 만들어 내기 때문이다

관계가 어려운 이유는
내 의지와 상관없이 일어나는 일과
그 상황에 대한 내 마음의 반응 때문인데

이때 억지로 상황에 맞서게 되면
결국 많은 것을 걸어야 하는 순간이 온다

이렇게 한번 사달이 나기 시작하면,
최선의 결과를 얻더라도 이미 처음만 못하다

회피라는 말이 비겁해 보일지 모르나

나는 비겁한 것이 아니라,

경험으로부터 현명해진 것이다

감정 하나
없는 글

잊고 지내던 일이 있다

수많은 것과 맞바꾸어 잊히게 만들었던 일
애쓰지 말자고 다짐했으면서도 애를 써 감추었던 일

용서를 이유로 남겨진 메시지
그 메시지 하나 때문에 한 시절의 기억이 되살아났다

용서는 다시 볼 사람에게나 하는 것이라고 한다

그냥 세상에 없는 듯이 살기를 바란다

내 잘못이 아니면,
도대체 누구의 잘못이길래

누구 하나의 잘못 없이도
마음이 이처럼 망가질 수 있을까요

부모님께

결혼을 앞두고 나니

부모님께서는 미안한 마음을 계속 입에 붙이신다

슬프고 먹먹하다

마땅한 단어를 생각해 내지 못할 만큼

마음도 여럿의 기억들도 쉼 없이 떨려온다

이렇게라도 이 마음을 전하고 싶다

아프지 않고 사시는 것만으로도

사는 데 도움이 됩니다

내내 그러셨으면 좋겠습니다

당신이 나이가 들수록

내 나이가 변해갈수록

간절해집니다

사랑합니다

나도 잘
모르는 나

나는 대부분의 감정을 어렵지 않게 느낄 수 있다
사람들이 감성이라 말하는 것들

나는 감수성이 풍부하다
아니, 감수성이 크다고 보는 것이 더 적절하다

그러나 이것은 스스로 자신의 속을 알지 못하고는
감성이라는 특별함을 받아들이기 어려운 일이다

나 또한 글이라는 도구를 찾기 전까지는
그 감정을 눈물로밖에 표현하지 못했던 거 같다

눈물이 어찌 감성이었을까
그땐 그냥 아버지의 말씀으로부터
내가 유약하다고만 생각했다

살다 보면 나에 대해 달리 알게 되는 사실들이 있는데
그중에 좋은 것 하나만 찾게 되어도
몇 계절은 행복할 것이다

가벼운 마음을
가진 사람

입은 적당히 무거워도

마음은 웬만큼 가벼운 사람이 좋습니다

이 관계는 쉬이 끝낼 관계는 못 됩니다

그 시간만으로도 내게 안녕을 주기 때문이지요

가끔은 오랜 시간을 주고받아도

아무것도 남지 않는 만남이 좋습니다

가질 것이 없다면,

잃을 것도 없지 않을까 하는 소심함입니다

당신이 마음이 가벼운 사람이라면 말입니다

사랑의
필요

그땐 내가 행복할 필요가 없었다

세상에 나 혼자였으니까
앞으로도 계속 혼자일 생각이었으니까

그 행복이 나를 더 비참하게 만들었을 테니까

나라는 사람이 행복하려거든
사랑은 필요조건이라는 것을
누구보다 잘 알고 있었으니까

그런데 말이지
어떻게 이렇게 행복할 수가 있을까

순댓국

옥수동에 자주 가는 순댓국집이 있다

어려서 금호동에 살 때부터 다니던 집이니
대충 세어도 그 집 밥을 먹은 지 20년은 되었겠다

아주머니는 내가 갈 때마다
딱 정해진 안부를 먼저 물으셨다

"아침은 먹었나?"

해가 쨍쨍한 주말이면,
비가 오락가락하는 일요일이면

이상하게 낮술은 그 집에 가서 했다
유난히 진한 국물의 순댓국과 소주 두어 병

그때 내 모습과 마음들을 헤아려보면
아마도 말 한마디 건네받고 싶었던 것 같다

충분한 것을
나눌 때

사랑은 쉽게 식지 않는다

식어버린 건 사랑이 아니라,
당신의 세상이다

잘 풀리지 않는 삶을 사랑 안에 끌어들이지 마라

그것은 당신의 책임이지
사랑이 져야 할 책임은 아니다

넉넉히 함께 나누되
스스로 가질 수 있어야만
치우치지 않는 건강한 사랑을 할 수 있다

결핍된 것을 채우는 것은 잠깐의 감동은 주지만
그것이 즐거운 감정으로 지속되지는 않는다

사랑은 부족한 것을 나눌 때보다
충분한 것을 나눌 때 행복이 크다

시간이 지난
후에야

수없이 오고 가는 사람 중에

누군가의 얼굴이 조금이나마 기억에 남은 것은

노력이 아니라, 마음 때문이겠지

기억하려고 기억한 것과

어떤 이유도 없이 기억에 남은 것은

보았던 그때가 아니라

시간이 지난 후에야 필요한 이유는 아니었을까

오래 알고 지낸 사람이
편한 이유

모르는 이와 친해지는 것은 꽤나 피곤한 일이었다

나에 대해 처음부터 알려줘야 하는 것도
설명해야 하는 것도 피곤했다

질문에 하나하나 답하는 것도 무척이나 지겨웠다

오랜 시간 알고 지낸 사람이 편한 이유는
당연한 것들을 알려주지 않아도 되기 때문은 아니었을까

기억에 솟는 얼굴이 몇 있는 것이
조금은 마음이 약해진다

아무 일도
일어나지 않았으면

작년에는 오른쪽 무릎 때문에 고생을 했는데
올해는 족저근막염으로 고생 중이다

한쪽이 아프다 괜찮아지면
연쇄적으로 다른 곳이 아프다

마음이 괜찮아지면 생각이 많아지고
생각이 줄면 느끼는 것이 다시 많아진다

그 균형을 맞추는 것이 어렵다
쉬웠던 날들이 그리워진다

힘들임 없이 사는 제일 좋은 방법은
애초에 아무 일도 일어나지 않는 것이다

침대 머리맡에 기대어 천장에 써놓은 글자들

생각들

감정들

밤마다 꿈에 내려앉는다

나를
속이고 살았다

1년 전에도

2년 전에도

나조차 속이고 살았다

괜찮다 괜찮다

나는 이게 맞다

이렇게 사는 것이 어울린다

그냥 이렇게 하자

내가 나 자신을 속이는 일에 얼마나 공을 들였는지

그동안 내가 마음에 새겼던 생각들을 정리해 보니

그렇게 안쓰러울 수가 없었다

언젠가는
끝나게 되어있어

알아보지 못한

알아보지 못하는

우리 곁에 수많은 행복들

그러나 여전히 기억하고 있는 행복했던 수많은 순간들

그래 모든 일은 언젠가는 끝나게 되어있어

그때 또다시 그 행복을 알아보면 되는 거야

흉흉한
세상 안에서

나는 미친 사람처럼 느껴지는 사람이 싫다

정신이 반쯤 나간 사람도
감정이 필요 이상으로 과한 사람도 다 싫다

아무것도 모르고 살고 싶다

이상한 생각을 하는 사람
병적인 감정

갈수록 세상이 날카로워진다
나를 해할 수 있는 것들은 모두 멀리하고 싶다

내가 힘이 들 때
나를 도와줄 한 사람

많은 사람이 있었다

사람에 대한 이야기는 모두 기억에 관한 일이다

한 사람이 필요했다

혼자라는 감정이 커져

지금의 평온한 날들이 더 이상 뻗칠 수 없어졌을 때,

내가 여전히 살아 있음을 확인해 줄 한 사람

어떤 날에는 내게 원하지 않는 힘이 불현듯 작용했을 때,

그 작용에 대한 반작용이 되어줄 한 사람

그 한 사람이 필요했다

그렇다 하여 필요를 이유로

잘라낸 관계를 개선하려는 노력은 하지 않았다

지나간 시간에 나를 다시 밀어 넣고 싶지 않았다

그리고 당신이 지금 내 곁에 있다

오고 가는 것이 마음인지라 나는 네가 고마울 때가 많다

잘 살고 싶어진다

나는 당신의 행복이 좋습니다

1판 1쇄 인쇄 2024년 09월 27일
1판 1쇄 발행 2024년 10월 04일

지 은 이 인 썸

발 행 인 정영욱
편집총괄 정해나
편　　집 박주선

펴낸곳 (주)부크럼
전　화 070-5138-9971~3 (도서기획제작팀)
홈페이지 www.bookrum.co.kr
이메일 editor@bookrum.co.kr
인스타그램 @bookrum.official
블로그 blog.naver.com/s2mfairy
포스트 post.naver.com/s2mfairy

ⓒ 인썸, 2024
ISBN 979-11-6214-517-3 (03800)